U0523219

向阳花

虫安 著

西苑出版社
中国·北京

图书在版编目（CIP）数据

向阳花 / 虫安著. -- 北京：西苑出版社有限公司，2025. 5. -- ISBN 978-7-5151-0984-8

Ⅰ. I247.5

中国国家版本馆CIP数据核字第2025YN4295号

向阳花
XIANGYANGHUA

著　　者	虫　安
责任编辑	高　虹
责任校对	王博涵
责任印制	李仕杰
营销编辑	庄舒杨
开　　本	787毫米×1092毫米　1/32
印　　张	7
字　　数	100千字
版　　次	2025年5月第1版
印　　次	2025年5月第1次印刷
印　　刷	小森印刷（北京）有限公司
书　　号	ISBN 978-7-5151-0984-8
定　　价	42.00元

出版发行　西苑出版社有限公司 北京市朝阳区利泽东二路3号　邮编：100102
发 行 部　(010) 84254364
编 辑 部　(010) 84250838
总 编 室　(010) 88636419
电子邮箱　xiyuanpub@163.com
法律顾问　北京植德律师事务所 17600603461

别怕，污泥里也能开出花

序

~ 1 ~

2023年12月15日,是个雨日,我闷在酒店里写小说。

写小说就像做小买卖,哪怕一整天都不见生意开张,也得守店,生怕哪位贵客忽然来了,店门却关着。

那一天,我坐在电脑前,从早八点守到下午三点四十分,"贵客"始终没来,我的肚皮却饿得发响,便决定出屋觅食。

酒店位于无锡名寺南禅寺附近,距离钱锺书故居步行只需二十分钟。常驻此地写作,也是因为我迷信此地风水生财旺运,尤旺文运。

我打伞走出酒店,还未走出十米,手机响了。担心雨天户外信号弱,我赶紧退回酒店,在大堂坐定后,将手机音量调到最大,接听了电话。

手机那边是一副老烟嗓,音速缓慢,但不缺气势,谈吐中有威严,又透出礼貌与克制。大堂内好多人回身看我,周遭的人似乎都很熟悉这副嗓音——对,他便是导演冯小刚。

这是一家平价快捷酒店,穷游学生、蓝领情侣、贩夫走卒……形形色色的老百姓之间,忽然传来名人的声音,路人看我的眼光大多带着一丝异样。而那一刻的我,既没有刷牙,也没有洗脸,蓬头垢面,饿态明显,很不体面。

电话里,冯导告诉我,他相中我的一部小说,想拍成一部电影,邀请我当编剧。

那部小说便是《向阳花》。

等电话打完,我的双脚好像不受控制一般,在雨中走出了好几百米,衣服全部湿透,可身体滚烫,五脏六腑在震荡,饿感消失,没了吃的冲动,只想消费。

我钻入一家临河的茶楼,开好包厢,喝光六百元的茶水套餐，内心才稍得平静。

文人应有傲骨，我虽写文糊口，却算不得文人，只是落入谷底又不甘认命，十指抠地，直往透光门缝里爬行的小人物。

那一刻，大门忽然朝我敞开，金光刺目，人难免不稳。

~ 2 ~

南禅寺位于无锡市梁溪区，2008年12月4日，十九岁的我曾在这儿栽过跟头。

那天，我在塘南新村的一条深巷，被一群持枪特警扑倒，因牵涉一桩抢劫案，次年三月就被人民法院判处有期徒刑十年六个月。

一切没有什么好辩解的，很多人都有不学好的时候，那是我相当不学好的时候。

那时，我先是从高中辍学，依赖家中的关系进了一家电子厂务工。流水线当然困不住我，因无故旷工，我很快就离开了工厂。

虽然无所事事,我也不甘心回农村老家去,便整日在城里闲逛,结识了一些"小赤佬"。

我们常组局吃喝,买单时就要看谁脚快,脚慢的人要么"出血",要么跟老板扯皮挂账。

自己人吃光了,就去吃熟人,吃之前心里还要摸排一下,哪些人嘴馋又爱贪便宜,而且"叫得动"。

摸准了,逐一请出来,吃完了饭,我们还要摆架子,假装主动跑去收银台买单,然后大声叫喊:"头脑不好,皮夹子落家里头了。喊老板来,先挂个账。"

饭店老板都被我们这些人吃怕了,当然不肯,这时我们就等着熟人过来讲:"算了算了,今天我来吧。"

出了饭店,我们通常会去浴场醒酒消食,再赶下一场。我酒量最糟,醒来的时候,手牌上总是挂满所有人的账。短短一个月,我便让父母汇了四次款,之后再打去电话,总是忙音。

我们这个小团体统共有五六个人,都是来锡务工人员,农村户籍,年龄最大的不过二十三岁。

彼时的无锡繁华至极,车水马龙,灯红酒绿。一群不学好的农村孩子被抛入了物欲的海洋,就像没有泳技的人头一次下水,溺死的命运很快便笼罩而来。我们渐渐达成了共识——世上没有比穷更深的恐惧。

这样的心态,难免穷途末路。

2008年11月中旬,我跟一个"兄弟"一起喝酒,当时他在一家酒楼当保安,但入职的头一个月就犯了错误,被经理扣了奖金。

酒桌上,他愤愤不平,我跟他拍着胸脯,答应要帮他出头,教训经理,同时我们也对酒店的营业款动了歪心思。

最终,我和这位保安"兄弟"共同犯下抢劫罪,因涉案金额巨大,我作为主犯获刑十年六个月,保安是从犯,获刑七年。

十九岁,命运的尽头是一扇牢门,我落入暗处,锒铛入狱。

~ 3 ~

兴许是因为高中时期学过美术，我被选进了文教监区，不用去劳务监区"上机（踩缝纫机）"，我便有大把的闲工夫看书、画画，锻炼身体。可我真正开始写作，是缘于一份一千八百字的检讨。

那是2011年的夏天，我每天做两百个俯卧撑，已坚持两年，胸肌练得壮硕，手上也起了老茧。

一次意外的冲突，这双拳头打到了"同改（一同改造的犯人）"的身上。按照监规，打架斗殴者要被送去高危监区，至少关一个礼拜的禁闭。监区长让我先写一份检讨书，将认错的态度摆出来，说不定能被从轻发落。

我嘴上虽然说着"关禁闭就关禁闭"，心里其实怕得不行，回到监舍就立刻拿笔纸，一口气写了一千八百字的检讨，写得十分诚恳，没有任何敷衍的字句。

现今回想，一个字都想不起来，可当时的情景却终身不忘。

我面朝全监区三百多个犯人念出检讨，足足十多分钟,文字的力量从身体里不断喷涌而出,为我这样的烂人,扳回一局。

最终,教导员没有送我去关禁闭,只扣了三分的改造奖励分,同时给我加了一项劳改任务——打扫文教楼的图书馆。

此后我便常常拿书看,看多了就开始写,刑期当学期,晃眼就过去了好些年。2015年8月3日,我出狱时竟已写下几十万字的故事。

2016年8月,我在网上发表了第一篇故事,不料成了爆款,往后的文运也一直很旺。有一天,我路过一个公交站台,看到一张巨大的、《我不是潘金莲》的电影海报,顿时冒出一个疯狂的念头:以后也会有大导演拍我写的故事。

2024年7月19日,电影《向阳·花》开机,8月21日杀青。

如此狂念,竟在我这样的人身上实现,欣喜之余,感悟更深的还是命运。

~ 4 ~

接完冯导的电话,我很快到了北京,剧本从三月写到七月,终于定稿。

开机之前,我回家一周,媳妇问我:"剧本进展如何?"

我答:"妥了,还有几天开机,我要跟组。"

媳妇又问:"主演是谁?"

我答:"赵丽颖。"

媳妇小声"噢"了一下。

次日上午,媳妇破天荒起得比我还早,并且把一盘煎蛋配虾仁的营养早餐端到我的床头。

我从不晓得她是赵丽颖的粉丝,《向阳花》一下就抬升了我的家庭地位。只是这早餐也有时效,未到三天,媳妇便提了要求:"你跟组的时候,帮我讨两张签名照。"

吃了人家三天早饭,我只能拍胸脯。

2024年的夏天,跟组的个把月成了我人生中最难忘的时光。主创们相处和谐,演员们极其敬业,我也顺利完成了媳妇交办的任务,带着赵丽颖的签名照返家。

回家之后,我心气高涨,认定自身已是人物,开始随意指挥媳妇做事,脾气也见长,稍不顺心便横加指责。

媳妇处处忍让,更以为我只是积劳成怨,需要散心,便自驾两千六百多公里,带我去大理游玩。

途中,我又因琐事发火,媳妇忍无可忍,将车停在高速服务区,甩下钥匙便走。我不会驾车,天色渐黑,荒原凉夜,我心焦得不行,只能给媳妇打电话认错。

重启旅程,车窗内擦过去无尽的黑夜,我隐坐副驾,得来锥心的感悟:

有时候,即使拾来天赐良机,自己也不过是扒着墙沿往里头瞧了两眼。自己该是什么人,还是什么人。

目录

第一章
向阳花
001

第二章
出监
047

第三章
苦钱
083

第四章
风烈雨狂
127

第五章
重生
167

番外
199

第一章

向阳花

1

晨曦初破,狱警邓虹起了个大早,狱内要成立由女犯组成的演出队,承担文艺节目演出的改造任务,邓虹有舞蹈特长,被领导点名参与选人。

狱警备勤房在监狱狱政管理科的二楼,三室一厅,楼梯拐角处挂着一幅书法作品,写着"浩然正气"四个字。客厅的墙上挂着一面大木框,里面集齐了各种警衔。

邓虹站在警容镜前,调整了一下警服,向女监走去。

女监的大门是墨色的,地上划着警戒线,上方悬着一面巨大的国徽,十足威严。邓虹进入武警值班室,走A门进入程序,接受武警的身份核查。B门是一道滚闸门,邓虹用警官证刷开。

B门打开时，A门关上。

这套二道门制度，是监管工作中的双保险。

邓虹走进去，女犯们队列训练的口号声逐渐清晰：

"遵规守纪！认真改造！重新做人！一二三四！一二三四！"

再往里走，一群新入监的女犯正在跑操，嘹亮的口号声又一遍响起。

"遵规守纪！认真改造！重新做人！一二三四！一二三四！"

邓虹小跑着穿过操场，走进一监区，暖阳如瀑，从窗口斜射进来。她加快步伐，穿过几条漂浮着粉尘的光束，进入礼堂，一位同事赶忙起身迎她。

礼堂里坐着一百多名女犯，正中间布置了一张主席台，上方挂着横幅，写着"2013年女子监狱向阳花文艺演出队选拔会"，狱政管理科和教育改造科的领导都已入座，邓虹赶紧坐上了标有自己姓名的空位。

领导示意可以开始，邓虹马上宣布："报名的人都到齐了吧,来吧,按名单顺序,展示一下你们的才艺。"

女犯们依次上场,有人弹古筝,还有人吹葫芦丝、拉二胡,水平都不高,不过选拔要求也不高。邓虹拿着名单,把几个会乐器的都划了勾。

乐器组选完,选歌唱组。

有人唱了黄梅戏,有人唱女高音——《青藏高原》,结果唱不上去,台下一阵哄笑。最后有人上来唱了一首《隐形的翅膀》,不仅唱得好,相貌也好。

邓虹从名单上找到对应的名字,在旁边打了个五角星:胡萍,贩毒罪,刑期五年,箱包厂三监区。

最后选舞蹈组。

第一个女犯上来跳起广场舞,邓虹摇摇头,不等她跳完就喊了停。结果下一位直接抓着一根拖把棍上台,跳起钢管舞。

邓虹赶紧叫停,质问道:"这什么地方?你什么人?来这干什么的?!"

犯人中有起哄的,喊道:"她搞色情裸聊的!"

大伙儿哄堂大笑,那人则一副无所谓的姿态。

邓虹撵她下场,看了一眼她的资料,上面写着:高月香,诈骗罪,刑期两年半,服装厂二监区。

邓虹用笔打上一个叉。身旁的同事嘀咕一声:"舞蹈组这几个全是滥竽充数,八成是觉得被选中了,进了向阳花,可以少干活,都是来混的。"

狱政管理科的领导把头撇过来,建议邓虹:"舞蹈这块,你就选几个有潜力的,带回去练。你有舞蹈特长,就负责教她们。"

邓虹点点头,发现名单上还有一个犯人:毛阿妹,盗窃罪,刑期两年,箱包厂四监区。

邓虹喊:"毛阿妹的节目呢?"

没人应话,有两三个女犯捂嘴在笑。

邓虹问:"你们笑什么?"

几个人把身旁一个黑黑瘦瘦的女犯拱到舞台中间。其中一个人喊:"报告警官,她就是毛阿妹,是个哑巴。"

狱政管理科领导拍了一下桌子,训斥道:"胡闹!聋哑人谁帮她报名的?今天凡是来混的人,回去一个个核实,按照逃避劳动改造、消极改造,扣你们的改造奖励分!"

毛阿妹手足无措地站在那儿,埋头啃指甲。她的头发比其他人略短,像个假小子,但双手纤细修长,一看就是双巧手。

一个胆子大的女犯,小声顶嘴:"她有才艺,比前面那些歪瓜裂枣强太多。"

邓虹听见了,问道:"她有什么才艺,舞蹈吗?"

那人答:"她会比画手影,只要是有翅膀的、天上飞的东西,她都比画得像。"

邓虹的好奇心上来了,忙说道:"那你让她展示一下才艺。"

那人一边在毛阿妹的耳边喊,一边瞎比画:"手影,你平时在机位没事就比画的那些个鸟,给警官们展示一下,要是选中了,你就不用踩缝纫机啦!"

毛阿妹耸耸肩表示不懂,又点点耳朵,表示听不见,继续啃她的指甲。

忽然,刚刚跳钢管舞的高月香站了出来,开始比画手语,毛阿妹也跟着比画。在场的人,谁也看不懂。

比画完一段手语，高月香转头对邓虹说："光，她说光不行。"

邓虹琢磨了一下，让人把礼堂内的窗帘全部拉上，又安排几个人从设备间挪出灯光设备，布置上一块白布。

准备就绪，毛阿妹开始了手影表演，啄木鸟、海鸥、猫头鹰、孔雀……她那双巧手幻化成一只只自由的鸟儿。

邓虹想到什么，对她做了个暂停的手势，喊道："刚才那个胡萍，不是会唱《隐形的翅膀》嘛，你站她旁边去唱两句。"

胡萍清了清嗓子，唱道："每一次，都在徘徊孤单中坚强；每一次，就算很受伤也不闪泪光；我知道，我一直有双隐形的翅膀；带我飞，飞过绝望。"

邓虹让毛阿妹继续表演，她的手指间又飞出了一群鸟。

邓虹对身边的领导说："你们看，这不就是一出创新节目嘛，现成的。"

领导们纷纷点头，神情满意。

教育改造科的领导补充道："这个手影表演需要哪些

灯光设备，你打个申请，我们来给她配一套。"

也有领导觉得节目排练起来困难，凑过来问："她是聋哑人，选进向阳花，总不能还给她配翻译吧？"

邓虹把名单拿过来，点了点高月香的名字，说："现成的翻译。"

高月香名字旁边的那个叉，被邓虹改成了勾。

~ 2 ~

一监区的大厅面积有一百多平方米，前面挂着一台电视，摆着一张警务台，后面则是监区板报，主题是庆祝三八国际劳动妇女节。

一百多名女犯正坐在塑料小板凳上，观看《新闻联播》。

这天是邓虹当班，她坐在警务台后面的办公椅上，翻看着"向阳花"文艺分监区的入监档案。

头一份就是胡萍的：胡萍，1987年11月15日生，25岁，户籍农村，贩毒罪，刑期五年，外号"冰妹"，有卖淫史，后背及肚脐下方有文身，未婚，无生育史，血型稀有，尚未查明。

兴许，谁都料想不到，歌声动听的胡萍其实天生口吃，曾经每一个字要掰成三瓣，才能艰难地从唇齿间吐出。村里人都说，是她母亲犯了嘴上的恶业，才把她生成这样。

胡萍的母亲是上海人，1972年下乡，1979年嫁给了当地生产队的杀猪匠，八年后才生下胡萍。命运仿若一座钢铁囚笼，她无力挣脱亦无法反抗，只剩一张嘴可以宣泄。很快，她的嘴便成了一把机关枪，在村里横扫一片，杀伤力十足，把自己的名声也顺便杀了个干净。

胡萍虽然口吃，模样却漂亮，长相甜美、皮肤白皙，水灵灵的。尤其是嘴唇，红红的，上学时，老师总误认为她涂了口红，好几次拿着纸巾擦她的嘴确认。

与之相反，母亲却是一张"乌嘴"，村里人对她有多么畏怕，对胡萍的美也就有多么嫉恨。尤其是有些长舌妇，四处叮嘱男孩们，要离胡萍远一些。女孩们也主动疏离胡萍，没人跟她讲话，更没人愿意跟她跳皮筋。

母亲为了给胡萍治好口吃，用尽了偏方也跪遍了乡野"大仙"，胡萍因此咽下了数不清的怪东西——拉拉蛄熬汤、神符辟邪茶……

可多年过去，胡萍不但没好，还从结巴变成了哑巴，一连几年，缄口不言。后来，母亲有了重回上海的机会，也撇下她不顾了，而父亲又整日喝酒顾不上她，这种情况持续了好些年，胡萍直到十二岁才上一年级。待她升入三年级，一年级的新生撞见她，个个对她行少先队礼，喊"老师好"。

父亲是杀猪匠，胡萍的伙食自是不错，自小不缺营养，十四岁时身体发育就远超同龄人，总有流氓在上学路上堵她。父亲拎着杀猪刀，一趟又一趟地护送，吓退了所有流氓，却吓不住一个有精神病的流浪汉。

那天，父亲去农田小解的工夫，胡萍就被流浪汉扛上了肩头。流浪汉疯疯癫癫，父亲追出数百米，才将他制服。

经此一遭，胡萍的身体没大碍，精神却受了极大的惊吓,开始闭门不出,学也不上了。曾经识得的字,忘得精光,最后只会写自己的名字。

在屋里闷了两年,十六岁的胡萍在这闭塞的村子里似乎已无其他出路,只能嫁人。

村里人都认定胡萍不好嫁,尽管她漂亮。

然而,命运总是出人意料,胡萍不仅顺利结婚,还嫁给了一位端铁饭碗的小学老师。更为神奇的是,嫁人后的胡萍竟然开口说话了,结巴也不治而愈,还学会了唱歌。

胡萍的丈夫是个高才生,1990年考入师范大学,1994年被分配到高中任教。那一届的大学生本该是"天之骄子",可他因为性格原因,用现在的话说,患有"社交恐惧症",最终无奈回到老家,成了一名小学老师。

他平日里沉默寡言,找对象时,便托媒人寻一个安静的女子。媒人眼光独到,就给他牵来了胡萍。

一个失语多年的女子和一个不善言辞的男子结婚了,生活平静如水。

这位老师爱听美声,家里买了黑胶唱机,每天清晨,二十几平方米的教工宿舍就会被歌声灌满。黑胶唱机里流出的大多是外国歌曲,旋律动人,歌词的含义胡萍却不懂。

时间久了,胡萍记住了那些旋律,有一天竟情不自禁地跟着唱了出来,把老公吓得从椅子上滚下来。

原来她并不是哑巴,或许是日子安稳了,有安全感了,胡萍内心深处压抑已久的发声冲动,自然而然地被激发了出来。

她一下就爆发出了女高音,高亢流畅,音色纯净,犹如天籁。

邓虹有些唏嘘,想不出这样一个拥有天籁般嗓音的年轻姑娘,怎会堕落到这般田地。

她的目光飘向窗外,监狱操场上的路灯散发着昏黄的光,映在一个花坛上。工作多年,这个花坛已经翻新了好几次,犯人也换了一拨又一拨。

她日复一日地穿梭在这个地方,工作也在周而复始的循环中不断重复。久而久之,这些女犯的面容在她眼中逐渐模糊,仿佛都重叠成了同一张面孔。无论碰上如何难以看透的人,遭遇怎样想不明白的事,她都暗自劝诫自己,要学会见怪不怪。

晚上七点一刻了,《新闻联播》已经播放过半,不少女犯的坐姿开始松懈,邓虹见状轻轻咳嗽了几声,女犯们赶忙又将后背绷得笔直。

邓虹接着翻开档案。

高月香:1984年4月8日生,28岁,户籍农村,诈骗罪,刑期两年半,外号"白狐狸",无文身无伤疤,有生育史,血型A。

毛阿妹:1994年10月20日生,18岁,户籍不详,盗窃罪,刑期两年半,外号"黑妹",无文身,右臂烟疤3处,左臂烟疤4处,胸部烟疤1处,后背烟疤16处,臀部烟疤3处,大腿烟疤7处,左手腕锐器伤痕2道,无生育史,血型AB。

邓虹翻看着档案附带的疤痕照片,眉头紧皱,那些密密麻麻的伤痕,好似怎么看也看不完。

《新闻联播》结束,小岗站出来,高声宣布邓虹的指示:"向阳花文艺演出队的,去谈话室集合;其余犯人解散,自由活动;没完成劳动任务的,面壁抄写行为规范!"

女犯们哄哄闹闹地解散了。

~ 3 ~

小岗把邓虹的办公椅搬进谈话室,邓虹坐下来,向阳花文艺演出队的十二名女犯在门外列队候着。

邓虹的目光扫过档案,开口唤道:"胡萍。"

"到!"胡萍清脆应道,随即夹着小板凳,走进谈话室。邓虹微微点头,示意她坐下。

"按照工作制度,需要对你们进行谈话教育。你们入监时已经接受过一次,监规纪律方面,我就不多说了。你歌唱得好,以前专门练习过?"

胡萍坐直身子,恭敬回应:"报告警官,没练过,可能是天生的,我十岁时,母亲就跑去上海了,什么都没给我留下,唯独这副好嗓子。后来我在深圳打工,一直在夜场驻唱,嗓子也是在那儿练出来的。"

"你未婚,对吗?"邓虹继续问道。

"我在农村办过酒席,那时年纪小,才十七岁,不太符合法定结婚年龄。"胡萍如实作答。

邓虹眉头轻皱,疑惑道:"你这血型是怎么回事?入监采集数据时,竟都测不出来?"

胡萍无奈摇头,说道:"我也不清楚,在外面没好好检查过,进来后同样查不出。光晓得比较稀有,还得进一步检查。"

邓虹提醒道:"那你务必注意安全,日常小心别磕着碰着。身体上有什么问题及时汇报。"

"谢谢警官!"胡萍感激地说道。

邓虹继续说:"你这嗓子,今后就是咱们向阳花的台柱子。任命你为小组长,好好改造,发挥带头作用。"

"谢谢警官!"

"出去吧,把高月香喊进来。"邓虹说道。

很快,高月香走进谈话室。

邓虹上下打量了一番,说:"你这'白狐狸',确实白。我看了你的判决书,你被男人锁在地下室好几个月,被迫裸聊骗钱,警察都把你救了,也没有追究你的刑事责任,这么糟心的一桩事,你怎么转头又自己单干?这是从受害者变成了犯罪分子,你这个'狐狸'当得挺傻。"

高月香闻言,憨憨一笑,调整了下坐姿,说道:"就是想挣点钱,生活所迫嘛。"

1984年,高月香刚一降生,就被盼子心切的父母遗弃在邻村,与她出生的地方仅相隔一公里。

父母事先打探好了,邻村有一对难以生育的夫妻。一切如他们所料,那对夫妻捡走了高月香,只不过两年后,他们忽然转"孕",生了一个大胖儿子。于是,高月香便像一件被弃用的二手家具,又被送回了亲生父母家。

亲生父母将她养到五岁,终于盼来了儿子。可家中已有三个女儿,思量再三,父母又将她送到邻县,丢在一艘破旧的沙船上,给一户跑船的人家当养女。说是当养女,实则是等她长大后,嫁给哥哥——这户人家的残疾儿子。

养父母常年在淮河跑船搞水运,吃住都在船上,兴许是长期受水污染影响,船上的人一到岁数,就疾病缠身。

养父四十岁时患胃癌，胃全切；养母三十六岁时患乳腺癌，双乳全切；哥哥从娘胎里就带着罕见病，医院都难以确诊，至今不知晓病名，疾病让他的腿脚发育不良，走路挪不出十米。一家人困在一艘破船上，不收个养女，儿子又怎能讨到老婆？

高月香十六岁时便早产，生了个女孩。

兴许是早产的缘故，女儿体弱多病，经常发烧惊厥，一烧起来人就会晕过去。跑船的人看天吃饭，迷信得很，生病也只用偏方。女儿每回发烧，养母就用烧红的针给孩子放血。

高月香看着，犹如针扎在自己身上，便常与养母争吵、打斗。但寡不敌众，瘸子老公每次都帮母亲说话。高月香的老公虽双腿残疾，两只胳膊却异常有力，铁块一样的巴掌，跟雨点一样落到她身上。没几下，肤白的高月香便已满背乌紫。

女儿两岁时，一场高烧将耳朵烧聋了。为了能与女儿交流，高月香自学了一些简单的手语。那一年，高月香十八岁，成年了。为了给女儿攒人工耳蜗的手术费二十万元，她到咸货船上帮人杀鱼，每天都是两头黑的苦日子，鸡叫出工，鬼叫收工，有的青鱼比她个头还大，一刀下去，鱼血瞬间将她浑身染透。可老公却只想再生一个儿子。

她晓得，一旦要了二胎，女儿失聪的问题就会被永远搁置，女儿就会成为一个聋哑人。她自己作为一个健全的女性，尚且无法把握自己的命运，女儿要成了聋哑人，命只会更糟。

她的人生已经没了指望，但女儿的人生不能这样。她下定决心，不能让女儿一辈子困在船上，泡在这命运的苦水里。

18岁某天的一大清早，高月香在心里暗暗与这艘破船画上句号，独自上岸。

岸上的世界钱多、诱惑多，苦头也多。

高月香先是在一家服装厂工作了小半年，厂里管一顿午饭，菜量有限，米饭管饱。她每次都打两盒米饭，留一盒当晚饭。收工后，用开水泡热，再挤进去一包榨菜，吃得精光。发工资那天,她才舍得买一块烧饼夹里脊,炸几个肉串,再喝一杯冰酒酿,权当是给自己的奖赏。

后来,她结识了一个比她大二十岁的男人。男人留着寸头,戴一副黑框眼镜,每天都在厂门口等她,手里还提着一杯珍珠奶茶。

在她荒芜的世界里,从未被人如此珍视过,别说珍珠奶茶,就连一个笑脸都未曾有人给过她。

大城市里的人孤独,流水线的工作更是冰冷,而那杯奶茶,却带着丝丝温暖。她被男人的殷勤打动,鬼使神差地答应了与他共进晚餐。几瓶啤酒灌下,又稀里糊涂地跟着男人去了他的出租房。从那之后,她噩梦般的日子便开始了,整整七个月,她被困在一个狭小的空间里。男人每日都会把她锁在一台破旧的电脑前,强迫她脱去衣物,与QQ上几百个男性好友假意闲聊,诱骗他们向他的银行卡里转账汇款。

起初,她并不知道自己在屋子里住了多久,只知道空闲时间看完了好多好多的电视剧。她常常做同一个梦,梦见小时候在沙船上吃饭,每顿饭都是鱼,跑船的人厌鱼好肉，养父拿着一把大剪刀，咔嚓一下，把她的长辫剪了，拿去岸上换了两斤猪肉。梦里，她再怎么努力伸长筷子，也吃不到那顿辫子换来的红烧肉。或许是潜意识里，她认定女孩的身体是可以换钱的。

那间出租屋位于热闹的闹市口，周边人来人往，却无人知晓屋内隐秘的罪恶。男人用一把廉价至极的小挂锁，轻而易举地将她的自由禁锢。

若不是房东看到门口堆积得像小山一样的便当盒，以及散发着恶臭的垃圾袋后报了警，她那所谓的"工作"不知道还会持续多久。

回到船上后，事情终究没能瞒住公婆，娘家那边也知晓了。她和老公此前并没有领证，夫家不再让她见女儿，还将她撵回了娘家。

亲生父母的责怪与辱骂每日如潮水般涌来，她不堪其扰，在一个寂静的深夜，深一脚浅一脚地蹚过一大片刚插了秧苗的水田，朝着看不清的方向疯逃，暗自发誓一定要赚大钱，为了自己，也为了女儿。

当她再次登上QQ，新的男性"好友"的消息仍不断弹出。她突然心生一计，跑回家拿走一张银行卡，接着把这群"好色之徒"挨个骗了一番，收入一万两千多元。

十二天后，她便被警方抓获；四个月后，因诈骗罪获刑两年。

她由高月香变成了"白狐狸"。

邓虹问道："你怎么会手语呢？"

高月香神色一黯，说道："我有个女儿，小时候高烧，烧成了聋哑人，为她，我学了一点儿。"

邓虹的脸色变得严肃起来，说："你自己也清楚，进了向阳花该干什么，把之前学的那些乱七八糟的手段收一收，学点正能量的东西，珍惜这里的改造环境，好好改造。"

"是！谢谢警官教育。"高月香应道。

"你先别走，把毛阿妹喊进来。"邓虹说道。

毛阿妹走进谈话室，呆呆地站在那里，下意识地啃着指甲。

邓虹看着她，似乎有很多问题想问，但又觉得沟通起来颇为费劲，不禁长叹一口气，对高月香说道："你告诉她，别老啃指甲，这毛病必须得改。回头做手影表演，指甲盖都像被狗啃过一样，多难看！"

高月香赶忙用手语告诉毛阿妹，让她别再啃指甲。毛阿妹嘿嘿一笑，双手迅速放到裤缝上，按照新犯集训的标准，站成了一个军姿。

邓虹沉默片刻，对高月香说道："让她说一下自己的入监情况，你翻译给我听。"

高月香用手语对毛阿妹说道："把你的入监情况汇报给警官。"

毛阿妹用手语回应："罪犯毛阿妹，盗窃罪，刑期两年，绰号'黑妹'。"

高月香翻译给邓虹。邓虹翻看着档案，问道："她身上怎么会有那么多烟疤？"

高月香又用手语对毛阿妹说道："黑妹这名字挺好听，毛阿妹反而难听些。警官问你，身上怎么会有这么多烟疤？"

黑妹用手语比画道："无聊时自己烫着玩的。"

高月香一副不相信的神情，手语道："你可真够无聊的。"随后转头对邓虹翻译道，"她说自己烫着玩呢。"

邓虹脸色一沉，说道："她不老实，自己怎么可能给后背烫十几个疤？！"

高月香赶忙打圆场："您刚才那句话说得对，可能她和我一样，受害者变成了犯罪分子。"

邓虹又沉默了一会儿，起身对高月香交代道："她生活上若有什么困难，你及时向我汇报。"

"是！谢谢警官关心！"高月香恭敬地说道。

~ 4 ~

向阳花文艺演出队的十二名女犯被安排住在九号监舍。

这天，是填写生活物资账目报告单——"大账单"的日子。在狱中，犯人们也能够消费，家属可以通过规定的渠道往犯人的账户上存钱，犯人们每个月可以用这笔钱购买食品、日用品，等等，只是消费的时候要通过账本，不能使用现金。或许是为了显出账本的重要性,犯人们习惯把账本叫作"大账",消费则是"开大账"。

邓虹拎着一串钥匙,丁零当啷作响,在走廊上缓步走着。走廊很长,右手边是监房,左手边是谈话室、亲情电话室、图书室,然后就是监区大厅,再往后则是盥洗间。

小岗紧紧跟在邓虹身后,一边走一边冲各监舍里喊:"各监舍把本月的大账单填好,赶紧上交,马上收封了!"

向阳花文艺演出队的女犯全在排队填大账单。

几个女犯为了讨好,把胡萍推到第一位,喊着:"让组长先开。"

胡萍面露难色,她的大账可用余额才五十九元钱,只够买生活用品。

胡萍说:"不瞒大家,我家在镇上开厂的,家里条件那是没得说。我因为沾毒进来,我那当厂长的老爸气得够呛,一分钱都不给我上账,就想让我吃吃苦头。不过今天我当上组长了,他肯定在大方向上还是关照我的,只是想让我在生活上受点教训,我这日子可有得熬咯。"

其他女犯纷纷点头,深信不疑。有人高声喊道:"不用熬！大伙凑凑单，给组长把零食抓紧开起来。等出去了，还得跟着组长吃香喝辣呢，人家可是正宗的白富美。"

大家争先恐后，要给胡萍开大账。

黑妹在人群里挤来挤去，眼睛紧紧盯着大账单上的商品栏，似乎在寻找什么东西。

高月香用手语比画着询问："你在找什么呀？"

黑妹用手语回应道："奶糖。"

高月香也帮着她在单子上找，找了半天没找到，只能摇头，打手语道："没有你要的奶糖，辣条、压缩饼干倒有。"

高月香不经意间瞥了一眼黑妹的大账可用余额，四千六百元，高月香有些吃惊，手语问道："你咋这么多钱？"

黑妹手语回答："家人给的。"

高月香忍不住小声嘀咕："好家伙，偷东西也搞成家族产业了。"

这时，有人推了推高月香的肩头，提醒道："哎，你和哑巴也给组长开点大账，拎得清吧。"

高月香说："我'三无'人员，无亲属会见、无汇款、无邮包（家人或外界的包裹），大账只有三十一块钱，我帮她开包卫生巾好了。她账上钱多，你喊她开去。"说着，高月香用嘴朝黑妹的方向努了努。

那人一听，骂骂咧咧道："她又听不见，我跟她说得着嘛！我看你俩以后有的苦头吃了。"

就在这时，外面响起口哨声。黑妹赶忙拽了高月香一把，手指点着大账上的几种零食，高月香立刻心领神会，忙不迭点头。黑妹动作迅速，帮她开了一百多元钱的零食。可还没等最后两种零食勾选完毕，大账单就被胡萍一把抽走，急匆匆交去了警务台。

小岗再次吹响口哨，高声喊道："收封！"

各监舍的女犯迅速把水壶、板凳、拖把、扫把等物品搬出监舍。十几秒钟后，女犯们挨着床铺，笔直站定，组长拉上铁门，点名报数。邓虹确认人数，锁门，下达"就寝"指令。

邓虹走到九号监舍，组长胡萍站头，黑妹站尾，报数声从一响到十一，十二是黑妹，没法报数，胡萍直接汇报:"报告邓管教,向阳花十二名罪犯已到齐,请指示。"

邓虹下达口令:"就寝。"

高墙电网,夜海深沉,铁窗外到处是随风波动的野草。月儿很亮,监舍的水磨石地面上斜淌着一条条幽柔的光线。

黑妹在床上辗转反侧,高月香起夜如厕。

监舍里始终亮着一盏灯,方便外面的夜岗监控。

高月香挨到黑妹床边,用手语问道:"怎么还不睡?"

黑妹手语答:"失眠。"

高月香用手语开玩笑:"想男人了?"

黑妹认真地用手语答:"我睡觉要含着奶糖才能睡着。"

高月香无奈地耸耸肩,手语道:"真是个娇气鬼!"

黑妹侧过身去,不再回应。高月香小声嘀咕一句:"八字太苦,五行缺甜。"

~ 5 ~

狱内文教楼的排练室有一百多平方米,里面搭建了一个舞台,舞台上挂着幕布,上面还残留着上一场活动的横幅,"警示教育大会"几个大字格外醒目,只是横幅的一角已经耷拉了下来。向阳花文艺演出队就在这里排练。

《隐形的翅膀》的前奏悠悠响起,黑妹站定,高月香则躲在角落里用手语给她提示。只见一只猫头鹰瞬间出现在幕布上,活灵活现。

邓虹立刻高声喊道:"灯光调暗。"

舞台上的灯光应声暗了下去。幕布上的猫头鹰又变幻成一只海鸥,时而高飞,时而低旋,片刻后,又摇身一变,成了一只正在啄树的啄木鸟。

胡萍此时开嗓,唱起《隐形的翅膀》:

每一次,都在徘徊孤单中坚强;
每一次,就算很受伤也不闪泪光;

我知道，我一直有双隐形的翅膀；
带我飞，飞过绝望……

邓虹卡准节奏，喊道："灯光调亮。其余人候场。"
黑妹走到台前，开始表演手语版的《隐形的翅膀》。
邓虹接着喊道："上场。"
"向阳花"的其他成员有序登场，整齐地分列成两排，跟着黑妹的动作，一起表演手语。胡萍的歌声也到达高潮：

我终于翱翔，用心凝望不害怕，哪里会有风就飞多远吧……

突然，高月香直直地晕倒在地。
邓虹立刻喊道："停！"
她赶忙让人扶起高月香，问："身体不舒服吗？"
高月香装出一副痛苦不堪的模样，说："血糖低，吃颗奶糖就能好。"

"奶糖？这里哪来的奶糖？"邓虹有些无奈，她拿起对讲机，喊道，"呼叫伙房值班管教，呼叫伙房值班管教。"

对讲机那头很快回应："收到，请讲。"

邓虹说道："帮忙弄点白砂糖，快送到文教楼来。"

没过一会儿，白砂糖就送到了。大伙继续排练，高月香则在一旁休息。胡萍从伙房的犯人手中接过白砂糖，递给高月香，嘀咕一声："就你事儿多。"

邓虹还特意提醒高月香："糖，快吃吧。"

高月香没办法，只能挖了一勺糖，放嘴里抿着，齁甜，她忍不住眉头紧皱。

这时，小岗推着一辆不锈钢的两轮饭车走进排练室。高月香鼻子一耸，嗅了嗅，喊道："红烧肉！"

大伙一听，纷纷鼓掌欢呼。高月香兴奋地跑到饭车边上，再次猛嗅一下，激动地喊道："真的是红烧肉！"

有人忍不住取笑她："高月香，你跑得比百米冲刺还快，刚刚不还低血糖吗？"

大家都笑了，高月香却理直气壮地说："我吃了邓管教给的糖,缓过来了呗!"

小岗打开饭车的门,一股热气瞬间升腾而起。

邓虹下达就餐指令。胡萍负责打菜分饭,她挑肥拣瘦,把好的五花肉都分给了自己和关系好的队友,剩下的肥肉才分给黑妹和高月香。

黑妹摔了勺子,赌气不吃。高月香格外珍惜"向阳花"的改造环境,生怕黑妹惹事,两人又被下放劳动。她赶忙帮黑妹用汤汁拌饭,还挑出一些瘦肉沫子,像哄小孩一样哄着她吃。

不料饭菜太烫,黑妹尝了一口,一下子吐了出来。慌乱中,黑妹抓起旁边胡萍的塑料水杯,就往嘴里猛灌。可水温也烫,她瞬间像发疯了一样,表情狰狞,痛苦不堪。

身边的人都被这一幕惊呆了,高月香反应过来,抱怨道:"你们谁倒的水这么烫?!"抱怨完,她赶忙拽着黑妹往厕所跑去。

胡萍一开始有些蒙,下意识为自己辩解了一句:"我来姨妈了。"转而怒不可遏,将杯子使劲往地上一摔,大骂道,"老娘还没嫌她嘴臭,她倒嫌我水烫!"

女犯们生怕胡萍的动静惊动了邓虹，纷纷过来安抚她。有人指了指黑妹，又指了指自己的脑袋，小声说："这哑巴脑子可能也不太正常。"

胡萍瞥了一眼邓虹，小声抱怨："我看邓管教这是自讨苦吃，非要弄一个聋哑加精神病的来向阳花。"

高月香拽着黑妹走进厕所，手指着水龙头，打手语："快去漱口。"黑妹紧紧抱住水龙头，清凉的水冲刷着她的口腔，她的身体也逐渐放松了下来。

~ 6 ~

盗窃团伙的头目姓毛，黑妹四岁时被拐骗入团伙，被唤作阿妹。

她不知晓自己的真名，四岁的孩子只有短时记忆，能记住颜色、数字、字母，记住一些简单的抽象概念，通常记不住事，更记不牢人。

但黑妹的梦里却总出现妈妈，出现一个雨夜，妈妈说话的声音清晰得如同就在耳边。

"天亮了，妈妈就回来。"

梦境里的妈妈脸色苍白，湿漉漉的头发上，水珠不断滴落。她伸出一只冰凉且粗糙的手，轻轻拍了拍黑妹的背，又缓缓摸了摸她的脸。那是一双典型的女工的手，大概率既要上夜班维持生计，又要照顾年幼的孩子，却在一夜之间，弄丢了自己的宝贝。

起初黑妹的梦里，爸爸是缺失的，兴许是一个不靠谱的男人，也或许，跟妈妈一样，也是城市建设浪潮里一朵不起眼的泡沫。

直到黑妹七八岁时，在一个酷暑天的傍晚，她的梦境里终于出现了爸爸。爸爸在上海一个大广场上开塔吊，他坐得和身后的高楼大厦一样高，白鸽从他身旁飞过。

可谁能想到，这个美好的梦，却给她带来了灾祸。她想逃跑去找爸爸妈妈，被团伙里的人发现了。

那天，她被师兄师姐拖拽回去，押到老大面前跪着。老大是个戴眼镜的中年男人，身后站着七八个团伙成员，个个都是稚气未脱的未成年人。

师兄上前说道："老爹，我们带黑妹去火车站出活儿,她不好好练手艺,还跟警察点炮。"

老大眉头一皱,问道:"点的什么炮啊?"

师姐接着说:"她趁我们不注意,抱着一个警察的腿,哭着求警察带她去找亲爹。警察问她亲爹叫啥,说可以在广播里帮她喊一喊。她居然说亲爹在上海,在广场上开塔吊。"

师兄又补充道:"她还跟警察说您是大坏人,每天都逼她偷东西。"

老大接着问:"那警察怎么会让你们把她带回来的?"

师兄忍不住笑了,说道:"她傻得要命,把火车站的保安当成警察了!"

所有人都笑得前仰后合,唯有一个黄毛少年没笑,他紧紧盯着跪着的黑妹,冲她比画手语:"快认错!"

黑妹在众人恐怖的笑声中,吓得哭了起来。老大站起身,端着茶杯去续开水,背对着众人,冷冷地说:"后果不严重,性质很恶劣。"

杯子里的茶水"咕噜咕噜"倒满了,热气腾腾。老大端到黑妹面前,师兄师姐迅速反扣住黑妹的胳膊。老大用力撬开她的嘴,将一整杯滚烫的茶水,硬生生灌进她嘴里。黑妹拼命挣扎,满脸泪水,身体因痛苦而剧烈颤抖,可脸却被老大的手死死掐住,动弹不得。

老大一边灌,一边对着团伙里的所有人教训道:"干我们这行,尤其要管住这张嘴。谁要是管不住,以后就给我少说话。"

茶杯很快空了,师兄师姐松开黑妹的胳膊。黑妹痛苦地吐着舌头,在地上翻滚。众人被这一幕吓得呆若木鸡,黄毛不顾一切地冲出人群,嘴里"啊啊"地叫着,尝试了好几次,想要扶起黑妹,却始终未能成功,急得直跺脚。

老大摔碎茶杯,吼道:"永远给我记住!你们只有一个爹!"

所有人都齐声高喊:"爹!"

在这震耳欲聋的"爹"声中,黄毛跑出了屋子。没过一会儿,他端着一瓢凉水又匆匆跑了回来。此时,屋里已经安静下来,其他人都已离场,只剩下蜷缩在地上、痛苦不堪的黑妹。

黄毛小心翼翼地把凉水浇在黑妹被烫得红肿的舌头

上，试图缓解她的痛苦。

随后，黄毛对着屋里的灯光，在墙角熟练地比画出一个鸽子的手影，那"鸽子"缓缓扇动着翅膀，轻轻飞落在黑妹的肩头。

那天之后，黑妹由于受到强烈的刺激，既无法开口说话，也听不到别人说的话了。不过，她跟着黄毛学会了手语。也是从那天起，黑妹只喝凉水、吃凉菜。即便是在寒冷刺骨的大冬天，她也会毫不犹豫地灌自己一肚子凉水。

～ 7 ～

向阳花文艺演出队的节目排练渐入佳境，转眼间，就到了文艺汇演的日子，文教楼内的舞台又被精心布置了一番。

舞台之下，两千多名女犯身着统一的蓝条纹囚服，密密麻麻地挨坐在一起。低矮窄小的塑料板凳上，她们折叠起胳膊与腿，抻长了脖子，专注地看着节目。

舞台中央，三个女犯正投入地进行乐曲串烧表演。一人轻抚古筝,弹奏《沧海一声笑》,音韵古朴;一人吹奏葫芦丝,演绎《彩云之南》,曲调悠扬;还有一人拉二胡独奏《赛马》,激昂顿挫的乐音瞬间灌满整个礼堂。

表演结束,报幕员上台,报出压轴节目《我是一只小小鸟》。

音乐前奏响起,舞台灯光渐次黯淡,黑妹的手影率先亮相,只见形态各异的鸟儿,在幕布之上轻盈飞过。紧接着,胡萍亮开歌喉,唱起《我是一只小小鸟》。当唱到"我是一只小小鸟,想要飞呀飞却飞呀飞不高"时,舞台灯光陡然亮起。黑妹移步至台前,开始表演手语版的《我是一只小小鸟》。随后,"向阳花"所有成员陆续登场,伴着胡萍歌声的高潮部分,一同表演手语。

台下掌声如雷。

演出结束,邓虹接过了领导颁发的荣誉锦旗。

时光悄然流转,"向阳花"的演出一场接一场,排练的节目种类也越来越多。高月香和黑妹的刑期临近,她们还剩最后一场演出任务——"女子监狱文明单位成果验收演出"。

文教楼排练室里热烘烘的,前排布置了一张主席台,台上铺着红布,摆放着席卡,一排省局领导端坐其上,邓虹也在其中。正中间坐着一位身着白色警服的女领导,大家的后背微微沁出汗水。

除了上台表演,高月香和黑妹还负责管理舞台设备。设备间里一片杂乱,尤其是地上的布线,犹如蜘蛛网般纵横交错,几个贴着黄胶布的拖线板连接着舞台上的灯光和音响。

蓄了头发的高月香坐在一把靠背椅上,一只脚穿着监狱发的凉拖鞋,一只脚光着,跷着二郎腿,吊儿郎当地比画着手语:"里头有瓜。"

黑妹没有蓄发,头发比狱规规定的更短,几乎是寸发,像个假小子,背靠在一辆不锈钢的饭车上,车门上挂着一把小锁。

黑妹用手语回应:"不行。等演出结束,大家一起分,这是演出奖励。"

高月香则用手语表示:"那帮蠢货分完,咱俩就只能啃瓜瓢了。"

她神情傲娇，慢悠悠地比画着手语："姐，我，现在，就想吃。"

黑妹无奈地回复："钥匙在警官手里。"

高月香故作严肃，从座椅上站起来，姿态张扬，又比画了一遍刚才的手语。

黑妹无奈地摇摇头，从笤帚上拆下一根铁丝，三两下就把锁打开了，挑出一个最小的瓜。

高月香见状，面露惊讶，手语道："你不仅是扒手，还会开锁呀！我刚才纯粹是开玩笑。"

黑妹手语回应："只要是偷的事儿，就没有我不擅长的，但我不想再偷了，这是最后一次。"

高月香对黑妹挑的瓜不满意，自己动手挑了个最大的，又把胸口的房号牌一抽，那是一张塑料卡片，边缘磨过，能当菜刀用。

高月香使劲一切，是个"炸瓜"。两人各捧起一块瓜，舞台上二胡响起，是《赛马》。

高月香比画着手语："姐给你演一个。"

她用牙齿当二胡,西瓜当琴杆,跟着《赛马》的节奏,啃得瓜汁乱溅,汁水都溅到了黑妹的脸上。高月香一边啃瓜,一边还抖动身躯。

黑妹捧腹大笑,脸上沾满了瓜籽,也跟着模仿起来。

乐曲声渐歇,报幕声响起:"下面是压轴节目,由向阳花文艺演出队全员带来的手语舞蹈节目——《感恩的心》。"

高月香嘴里正塞得满满当当,黑妹也是。两人听见《感恩的心》,一下清醒过来,不约而同地将嘴里的西瓜吐了出来,恰好浇在一个拖线板上,只听"滋滋"几声,瞬间冒出一阵火花,舞台上的声音戛然而止,灯光熄灭,礼堂的灯也一同灭了。画面顿时陷入一片漆黑。

这是"向阳花"成立以来出过的最大洋相。

~ 8 ~

没过几日,便迎来了邓虹三十四岁的生日。

邓虹拎着蛋糕,刷证进入监区,把蛋糕往警务台一摆，做出集合的手令，女犯们迅速聚拢。

胡萍带头喊道："点名报数！"

女犯们挨个报数，从一报到十一。

胡萍继而大声汇报："报告警官，向阳花文艺演出队，十二名罪犯已到齐，请指示！"

队伍的末尾，站着黑妹。

邓虹站在警务台前，身后是一排蓝字——"阴云退散，心生向阳。积极改造，重塑自我。"

她开口说道："我讲两件事，一好一坏，你们想先听哪件？"

胡萍抢着回应："先听好的！越好的东西越容易过期！"

其他女犯也纷纷跟着起哄，齐声呼喊："好的！先听好的！"

邓虹做了个停止的手势，说道："今天我过生日，带你们一起分蛋糕吃。"

女犯们听闻拍手鼓掌。邓虹再次做出停止的手势，掌声才渐渐平息。

邓虹让胡萍到警务台分蛋糕，分成十二份。

等大伙儿每人一份端在手上，嘴唇也沾到些甜味后，她才宣布那个坏消息："向阳花解散。吃完蛋糕，回监舍收拾个人物品，然后大厅集合。你们都要下分到各个劳务监区，参加劳动改造，一会儿有人过来交接。"

宣布完毕，邓虹做出解散的手势，然而，这次却无人响应。

胡萍腾地站起身，手中的蛋糕径直砸向高月香的脸上，紧接着她又拿起旁边人的蛋糕，砸在黑妹的身上。

其他女犯也跟着起哄，纷纷把手中的蛋糕砸向这两个人，还有人起哄嚷嚷："都是她们害的。"

高月香和黑妹正想要回击，邓虹吼道："都干什么！今天我过生日！你们这么糟蹋我的生日蛋糕！"

打闹的场面才被震住。

在"向阳花"，没人不认邓管教的好，高月香更是。

十二名女犯中有七位已经做了母亲，每逢三八妇女节、六一儿童节和母亲节，女监里总是哭声一片。邓虹总会在工作权限之内,尽量在"三节"里让她们能见到自己的孩子,享受片刻温情。

调入"向阳花"后的六一儿童节,监区举办"亲情开放日"活动,高月香也想女儿,邓管教便帮她申请了会见名额,还帮她做婆家的思想工作,结果也跟着挨了一顿骂。

那个儿童节,高月香在监舍里哭了整整一天。一周后,邓管教给她捎来一沓女儿的照片,她这才知道,邓管教为她专门跑去做了家访,要照片来也是实在做不通工作的下策。

"向阳花解散,是上面的政策,重视罪犯的劳动改造,抓生产,提升效益。监狱要履行刑罚执行机构的职责,所有的罪犯都要参与劳动改造。向阳花之所以叫向阳花,是因为它并非单单一朵花,而是由众多小花朵汇聚而成,是一个充满正能量、积极向上的团体,不是你们现在这样,内讧!"

听完邓虹的话,不少人都落下泪来。高月香既愧疚又心虚，毕竟演出搞砸这事，她的确是罪魁祸首。平日里，她虽然喜欢偷奸耍滑，可此刻，现场情绪如此浓烈，她也不禁红了脸，于是赶紧给黑妹比画手语，示意她想办法哄哄邓虹。

黑妹歪头一想，立刻起势，跳起芭蕾版的《感恩的心》。

高月香赶忙打开音乐，其他人先是一愣，很快便心领神会，也纷纷跟着伴舞，权当是为邓虹庆生。

邓虹转过身，眼眶瞬间湿润了。

舞跳完了，邓虹拿出演出服，这些演出服都是收过腰的，与平常的囚服不同。她发给女犯们留作纪念，大家各自在演出服上写下寄语和心愿。

没人给高月香和黑妹写，两人就互相写。

黑妹写了个英文单词：fly。

高月香有些吃惊，比画手语说道："拉倒吧，你还想飞，女人的天空是很低的，飞不高，男人和孩子一抬手，就会折了你的翅膀，给你打落！"

嘴上虽这般抱怨，她手上却跷起大拇指，假笑着用手语表示:"姐姐带你飞!"随后,她大笔一挥,写下了自己直白的愿望:"苦钱(方言,赚钱),苦很多很多的钱。"

第二章

出监

~ 1 ~

邓虹是"警三代"。父亲是狱警,爷爷更是新中国成立后的第一代狱警。

前几年,邓虹陪着刚刚退休的父亲去办理相关手续。当工作证等物件上交后,原本精神矍铄的父亲,像是瞬间被抽走了精气神,弓着背,神情落寞地回家了。"退休前,他还很期待,觉得这辈子总算可以什么事都'放摊(方言,放下不管)'了,打算好好去四处看看,等真的不用再穿那身警服了,父亲却忽然变了样,总念叨着自己穿着那身衣服时,哪个地方没办好、哪些方面还得补救。"

虽说男监和女监在管理模式上大相径庭,但父亲只要一有机会,就会迫不及待地把自己从事教改工作的经验分享给邓虹。

"他跟我说了三个带班原则:第一,该帮的事一定要帮;第二,如果管不好她们,也别让她们变得更恶;第三,过失犯罪、因部分客观因素犯罪的女性,狱警要更多地发挥'黏合剂'的作用,不要让她们带着仇恨回归社会。"

这些大道理说多了,邓虹难免觉得烦,她说自己的工作原则只有一条——真心待人,真心做事,其他的管不着。

"向阳花"刚解散,邓虹就迎来了一次工作上的大调动,她被要求去政工处报到。领导的意思是,邓虹这类"老好人"对接教改工作总是容易"越线","早晚要出问题",不如让她在政工处发挥自己的性格优势,还能给新警们做做思想工作。

接到调令后,她只能服从。

虽然政工处工作相对轻闲,朝九晚五没夜班,没过多久,邓虹还是主动打了调岗申请。领导觉得她是闹情绪,又向她强调了一番"爱岗敬业,争当司法航母螺丝钉"的政教宣言。调动申请不仅没批,邓虹还又领到了一桩新差事——把解散的"向阳花"重组一次。

那段时间,省局又下发了"搞好狱内文娱活动"的新要求,各个监管场所必须成立一支文艺小分队,还有督察组来视察。领导刚解散了"向阳花",面子不能丢,便交代下面的人应付一下检查就行了。

邓虹跑了趟腿,将原本"向阳花"的成员都喊到排练室,这才发现少了两个人。大伙儿告诉她,高月香和黑妹已经刑满释放了。邓虹叹口气,说:"两个没良心的,也不告诉我一声。"

大伙儿哈哈大笑,重新排练起来,只等督察组来视察。

等搞定这桩事,邓虹又打了调岗申请。这回领导直接甩过来一份文件,上面写着"监狱、戒毒系统民警派驻各地司法局挂职工作"。

邓虹瞥了眼,有点赌气的意思,说:"给我个名额,我正想去地方锻炼一下。"领导同意了。

~ 2 ~

2013年9月11日,秋老虎的威势依旧猛烈,天气热得超乎寻常。

女监的铁门在烈日的炙烤下滚烫无比,高月香和黑妹在这一天同时出狱。

手续办妥,大铁门支开一条缝儿,两人侧身走出来,强烈的日光直刺而来,让她们一时难以睁开眼睛。

监狱门口有条野河,远远望去,水面波光粼粼,云影一团团扫过,走近了,里头流淌的却是污水,水面上漂浮着衣物和鞋子,都是出狱的人祛晦丢弃的牢服。

犯人出狱的头一桩事就是换衣换鞋,家属们带着崭新的衣服和鞋子,一早就在铁门口候着。高月香和黑妹都没人接,自然也就没有新衣新鞋,她们都穿着入狱前的衣服,衣服后背处还打着一个极为醒目的红色记号条。她们把各自在牢里喝水的杯子带了出来,丢进河里,寓意一辈子不再进去。

两个人蹲在监狱大门口开始点钞票,黑妹的大账余额还有一千四百四十元，高月香的却有两千一百六十六元。

黑妹用手语问道："你的怎么比我的还多？"

盗窃团伙里有条不成文的规矩，但凡有成员被捕，"组织"上会派人"上大账"，按照每人每年六千元的经费拨款，为的就是不让进去的人供出同伙。在狱中，高月香一直蹭黑妹的物资生活。

高月香虽然是"三无"人员，但每个犯人每月有几十元的改造岗位奖励金，文艺组算特岗犯，有一百多元。她每月都将这笔钱一分不动地存起来，用的牙膏、妇卫用品，吃的方便面、饼干等，全是黑妹的。

黑妹在里面跟她交心，说想脱离盗窃团伙，她拍着胸脯，保证出狱后带黑妹一起开启新生活。她让黑妹给"家人"写信时，告知他们刑期是两年半，多要了半年的经费。理由是，这腾出来的半年时间，方便脱离"组织"，如若告知"家人"准确的服刑时间，今天出狱，黑妹就得被"家人"接走。

高月香用手语回应："我这是救命钱，动不得。"黑妹手语道："你有病？"高月香回道："浑身是病，我还差二十万。"比画完,她还点了点自己的胸口,示意是心脏病。可这显然是谎话。

黑妹从自己的一千四百四十元里,点出一千元递了过去。高月香没接,嘴角一歪,露出一抹狡黠的笑容,翻开内衣的一角,上面写满了狱友的家庭地址。

监规严禁犯人之间互留号码和地址,高月香曾经帮着邓虹管理监区的邮箱,向阳花文艺演出队解散前,她把邮箱里的信件掏出来,抄下了多半成员的家庭地址。由于位置比较隐秘,出狱时,狱警没查出来。

黑妹用手语问道:"你想干吗?"

高月香比画着:"那帮蠢货欺负我俩,我得从他们家里捞钱。走,先去吃顿好的。"

高月香带着黑妹走进一家馆子,点了满满一桌肉菜,准备大开荤戒,俩人还各自要了一瓶冰啤,一边吃喝,一边庆祝这重获新生的时刻。

高月香用手语说道:"吃完饭,跟我去买新衣服。"

黑妹顿时开心起来,手语回应:"我还要新鞋。"

高月香脸上闪过一丝不怀好意的神情,低声嘀咕道:"给你整个全套服务。"

饭后,高月香带着黑妹进城,去了一处服装批发市场,走进一家劳保用品商店。老板除了卖劳保商品,也偷摸搭售警服、军服、警械等军警装备。为了规避刑罚,顾客买完警服,需第二天来取警用标志。高月香之前来过。

高月香给自己挑选了一套警服、一双警用皮鞋,也给黑妹买了一身。

黑妹满心不情愿地接受了,用手语问道:"你说买新衣服,就买这个?"

高月香手语比画着:"老娘带你去赚钱。抢不如偷,偷不如骗,我教你靠脑子吃饭。"

~ 3 ~

次日,两个刚踏出监狱大门不久的女人,身着警服,走在一条狭长的乡村道路上。烈日高悬,仿佛要将世间万物都晒得瘫软、垮塌,唯有农地里那一排向日葵,迎着骄阳，长势凶猛，傲然挺立。

两个人途经一座老桥，午间的滚滚热浪，扭曲了她们的面容，让她们的身影看起来有些虚幻。随后，她们走进一条狭窄深长的巷弄，巷弄里晾晒着红蓝两色的毛线，一端系在二楼，另一端绑在一根木条上，木条斜靠在对面房屋的墙角，线条被绷得紧紧的，像一道道斜射而下的彩色光束，将整条巷弄切割开来。

高月香在毛线下头东张西望，辨认门牌号码。

黑妹用手语比画道："就这儿。"

高月香往幽深的屋内探了探脖子。正午的日光，照亮了她白皙脖颈上被汗水浸湿的汗毛。

认准了门头，高月香正了正警服，接着也帮黑妹正了正警服，一脚踏进屋内。

屋内一片破败景象，光线幽暗，墙皮大块脱落，窗户破了两扇，用塑料纸勉强糊着。堂屋正中，架着一块木板，上面供奉着神明，摆放着香烛，还有一张遗像，照片里是个年轻男子。屋子的四角，密密麻麻地挂着蜘蛛网，角落里还摆放着一副棺材。

一个白发老头正坐在遗像下头的一张躺椅上午睡，旁边有一台沾满油污的电风扇，正吱呀吱呀地摇头送风，还有根拐杖倒在夯平的泥地上。

黑妹半蹲下来，探了探老头的鼻息。高月香捅她一下，在额头比画了一个圆圈，是国徽的意思，提醒她此刻她们的身份是警察，要严肃起来，专注办正事。

高月香提高音量喊道：

"老人家。

"老人家！

"老人家！！"

老头耳背，没什么反应，高月香只好伸手，轻轻推了推老头的肩头。

老头瞬间惊醒。

高月香问："这是胡萍家吧？"

老头打量着两个人，说："萍萍又犯什么坏事了？她早被抓起来了。"

高月香开门见山："我们是胡萍的管教，胡萍入狱前法院还判处了她一万块的罚金，今天家里要能给拿，她能减刑,明年就出来了。"

老头赶忙使劲摆手,说:"我不是她家里人,我是她家邻居,她家没亲人了,我来照顾她亲爹。"说着,老头顺手指了一下遗像。

高月香心里不禁一阵发毛。

老头解释道:"她爹喝酒喝瘫了,肝也不好,村委会给她家办了低保,她爹让我给他做饭和照料他,低保卡就归我使用。将来他过世了,瓦房也送我一间。遗像和棺材都提前备好了。"

说到这,老头还叹了一口气:"以前他是杀猪的,身体硬朗得像铁板,后来老婆跑了,女儿又坐牢了,这人呐,一下子就垮了。"

这时,卧室里忽然传来声音,夹杂着些许沙哑与浓重的痰音,问:"家里来人了吗?"

高月香探着脑袋,朝房门口走去,黑妹也紧跟其后。屋内弥漫着一股刺鼻的臭味,两个人赶忙捏住鼻子。只见一个中年男子瘫在床上,身下铺着稻草和塑料薄膜,好几条用过的成人纸尿裤被随意丢在床尾。

男人努力喊道:"是萍萍的领导吧?萍萍在里头犯错了吗?"

没人应话。

高月香受不了这股浓烈的臭味,捏着鼻子退到了大门口。可黑妹却站在原地,一动不动,眼睛潮潮的。

高月香用手语比画着:"快走,穷得掉渣,没什么可捞的。"

两人转身欲走之际,黑妹忽然掏出身上的一沓钱,抽出五张,高月香上前阻拦,她顺手又去掏高月香的口袋。

高月香本能地躲闪,口袋差点被黑妹扯破,她拗不过黑妹,只能自己掏出一张,黑妹还不罢休,她又补上一张,嘴里骂骂咧咧:"你来扶贫了!"

黑妹不理会,把七百元钱叠好,塞男人手心里。男人却不肯收下,手颤抖着,仿佛那钞票烫手一般,干瘪的眼眶里也开始蓄满泪水。

胡萍没说真话。

自从胡萍开口唱歌,她老公就如同捡到稀世珍宝一般,欣喜若狂。恰好学校里要举办元旦联欢会,教工家属也要准备节目,他便安排胡萍上台演唱了一曲。胡萍的歌声,吸引了所有观众。

观众里有个颇具权势的人,在教育局任职,校长都对他点头哈腰。这个人一下子就迷上了胡萍,全然不顾胡萍已有老公,时常前来骚扰。后来这人又升职了,手中的权力也更大了,在县城里,随便动动手指就能让一个老师丢了饭碗。他过生日那天,县里所有学校的校长都出席了,他提了一个要求,要胡萍到酒席上唱首歌。

胡萍满心不情愿,可老公却劝她:"去吧,去了我就能升教务主任,不去的话,我就得丢饭碗,以后只能在学校门口摆摊炸串了。"

胡萍想要老公陪着去,老公说自己怕上酒席,没同意。胡萍只能独自前往。

酒席上,胡萍被灌了很多酒,唱歌唱得喉咙生疼,整个人晕乎乎的,站不稳脚跟。一位女老师见状,将她扶进隔壁的小包厢,让她休息。可女老师前脚刚离开,那位能人后脚便跟了进来。他二话不说,松了皮带,肥胖的身躯直接压倒了她。她捶打、反抗，面部立刻挨了两拳，鲜血糊住了她的眼睛。而与此同时，旁边的酒席上却还在欢声笑语，觥筹交错。

在这场噩梦里坠落了半个多钟头，胡萍忍受完了所有的侵犯，终于脱了身，她失魂落魄地回到家，老公却一声不吭，半夜还在听黑胶唱片。唱片里传出恐怖的女高音嘶吼声，仿佛要将房顶都掀翻。就在那一刻，胡萍惊觉，这个曾给予她安全感、让她尽情歌唱的家，变得异常恐怖。

那天她摔门而逃，去到了市里，在一家伞厂干了半年活，却没拿到工钱，便带着一百把雨伞跟工友去了深圳。

在深圳，她坠入夜场，唱歌谋生。也在夜场，她知道了毒品，开始帮人贩毒，一步一步，走进牢门。

~ 4 ~

巷弄中的毛线浸润在日光中，在地面和墙面投下千丝万缕的阴影，编织着两个人离去的背影。

走在乡间小道上，高月香突然停住脚步，冷不丁转身,把身后的黑妹吓得一哆嗦。她气鼓鼓地比画着手语:"把钱给我管。你个败家娘们儿!"

黑妹一边笑,一边掏钞票,乖乖交出。

高月香手指头沾上唾液,仔细点了一遍,脸色的不快一扫而空。

日头正大,俩人都怕晒,用两只手挡着额头,动作一致。黑妹走在前面,忽然变戏法似的,两只手的缝隙里卡满了钞票。

高月香一惊,赶紧摸口袋,随即大叫一声:"老娘忘了你是贼!"

她立刻去追黑妹,黑妹疯跑起来。

两个人进城时,天色早已昏黄。她们沿着老城区的一条河道前行,比画手语的身影被夕阳无限拉长。河面上架着一座废弃的铁路桥,桥的另一侧,是一片被城市化改造遗弃的老民宅,沿着河岸依次排列。

高月香打着手语说:"我们得先找个地方落脚。"

黑妹指了指电线杆,高月香顺着看过去,是一则出租广告：河景吉房出租，300元一月，18551×××××××。

高月香立刻拨通了号码。

所谓的"吉房"建在一个废弃的水闸旁，十分简陋，屋顶是新翻修的蓝铁皮，沿河而建的一排民宅都是相同的铁皮屋顶，颜色或蓝或红。

黑妹打手语抱怨："这还不如监狱。"

高月香先查看了厨房，又拽着黑妹跑去阳台。狭窄的阳台临河，晚霞洒在河面上，景色倒是颇为不错。她呆呆地站着，望着那座铁路桥，许久，才打着手语说："人没有吃不了的苦，有个落脚的地方就蛮好了。"

高月香自小住在船上，空间狭小得转个身都得挤来挤去，所以她对空间的要求不高。命该如此，她对什么都不敢有要求，唯独在做饭这件事上格外讲究。十岁起，她就开始掌管灶台，一两猪肉能烧出六个菜，第二天的早饭，还能煮出一顿香气扑鼻的猪油阳春面。

打扫完出租屋，她便去了菜市场，花十元钱买了菜，回家竟烧出来五道菜：咸蛋黄土豆丝、猪油炒莴笋、蒜苗肉丝、油炸青菜、西红柿蛋汤。

五元钱的肉,五元钱的素菜,出租屋的小折叠桌摆都摆不下。

黑妹看得目瞪口呆,高月香一筷子敲在她头上,叫她赶紧吃饭。

高月香相信一个道理:人不管什么时候,都得吃,吃得好,就能扛得住生活里成吨的苦和恼。她有句口头禅:别人生气不吃饭,老娘生气两碗饭。

华灯初上,商业街人潮汹涌,高月香和黑妹吃完饭,坐在广场的长椅上消食。两个人的眼珠子滴溜转,到处是跟她们没有关系的热闹。

一个穿超短裙的女人路过,挎着名牌包。

高月香打着手语说:"把她的包搞来。"

黑妹笑眯眯,摇头。

不一会儿,又一个女人走过来,高月香又比画着:"把她的包搞来。"

黑妹笑眯眯,还是摇头。

一个巡逻的警察路过,高月香比画:"枪支搞来。"

黑妹脸上的笑意瞬间僵住,情绪变得激动起来,开始模仿扒窃被抓时的场景,自己把自己的脖子掐得青紫。

高月香赶紧安抚她:"不偷了不偷了,我开玩笑的。"

高月香本意是想试探一下黑妹,如果她愿意用偷技赚钱,那赚钱就是轻飘飘的事。可她实在不理解,一个贼怎么会突然不想偷了。不过,她很快又想通了,黑妹是被人逼着当贼的,只要铁了心不回贼窝,自然不愿再干这行。还有一种可能,黑妹只是心血来潮,想享受一段自由的假期,那假期里,自然谁也不愿谈工作。

高月香正胡思乱想着,一个男人靠了过来,上下打量着她。

高月香抬头睥睨着他,脸上的表情似笑非笑,男人伸出两根手指,拖着长腔问:"靓女,两百块的生意做不做?"

高月香问:"去哪里?"

男人指了指不远处的快捷酒店。

高月香回道:"好啊,你去叫个车吧。"

男人有些惊讶:"两百米都不到还要叫车?靓女很幽默呀,下了桥就到,时间就是金钱,走啦。"

男人伸手去拉高月香,黑妹试图阻止。高月香甩开黑妹的手,撑着椅背站起来,学着瘸子走路的姿势,屁股一高一低,腿在地上画了好几个圈,才勉强迈出一步,嘴里说着:"你要不嫌慢,我们就慢慢走,天亮前可以走到啦。"

男人意识到自己被她戏耍了,打趣道:"你等着,我去找副担架抬你。"

黑妹看着仍在一瘸一拐演戏的高月香,笑得直不起腰,打着手语问:"你怎么学得这么像?"

高月香回道:"我老公是个瘸子,他两条腿比胳膊还细,每次跟我干仗,我都学他走路,气他。船上养了一条狗,也喜欢学他。"

黑妹又比画着:"分我一百块,我把你背过去。"

高月香恢复了正常,坐回到长椅上,空落落地说:"如果他给我二十万,我一辈子都可以卖给他。"

~ 5 ~

邓虹在司法局的岗位是"社区矫正民警",对接管辖范围内十余名社区服刑人员,这些人都因各种罪名被判缓刑或假释,接受社区矫正。

到岗没多久,邓虹被安排负责一次突击检查,她打电话通知矫正对象们赶到指定地点,有个叫郭爱美的女孩却没来。

邓虹依照备注上留存的手机号码,拨通了郭爱美的矫正专用手机。电话通了,可一直无人接听。她挂断电话,询问在场的矫正对象:"你们谁能指出,她违反了哪几条规定?"

有人迅速举手回答:"手机通信不畅,响应不及时。"

邓虹点头肯定:"回答正确。所以,此次点验,郭爱美不合格,考虑增加她三次社区公益活动。"

恰在此时,办公室的电话铃声骤然响起,邓虹赶忙接听。电话那头传来声音:"我们是城区派出所的,你们的社区矫正对象郭爱美跟人打架,现在被我们带回所里了,麻烦你们过来,核实一下情况。"

邓虹回应道:"好的,我马上过去。"

放下电话,邓虹对众人宣布:"今天的社区劳动任务是协助维持交通秩序。"

商业街上竖着一道气球拱门,拱门上贴着"刮刮乐,越刮越乐"的字样,底下围着一群人。黑妹拿着纸笔,逢人就递,纸上写着:聋哑人、盲人公益救助,金额随意,好心人签名。高月香站在一旁,戴着一副漆黑的墨镜,冒充盲人,胸口还挂着一个小音箱,播放着《感恩的心》。

两个人正忙活着,一辆电瓶车忽然闯入,骑车的是个橘发女孩,穿着标有"志愿者"字样的马甲。她路过黑妹身边时,恶作剧一般,一下拽走了黑妹手上的纸。

高月香顾不上继续装盲人,拔腿就追。她一把揪住橘发女孩的马甲,将她拽倒。橘发女孩迅速爬起来,与她扭打在一起,两个人相互揪着头发。橘发女孩破口大骂:"你厕所里撑竿跳,真过分,盲人也是装的!"

黑妹也追了上来,加入这场混战。她双手紧紧拽住女孩的橘色头发，使劲往地上拖。橘发女孩大喊："别动老娘九百块接的头发！"三人扭打作一团，难解难分，路人见状赶忙报警。

城区派出所接警后迅速出警，将三个人带回了派出所。

邓虹匆忙赶到派出所，向值班民警出示了证件，说明了来意，值班民警把她带进调解室。

刚踏入调解室，邓虹瞬间愣住了，她一眼便认出了蹲在墙角的高月香和黑妹。

邓虹不禁脱口而出："你们俩怎么在这儿？！"

高月香同样十分意外，反问道："邓管教，你怎么来了？"

民警看向邓虹，问道："你是邓警官吧？"

邓虹点头回应："是。"

民警接着说："郭爱美是你们的社区矫正对象吧？"

邓虹看了一眼蹲在另一边染着橘色头发的女孩，回答道："是。"

民警面露困惑之色："这俩女孩你也认识？"

邓虹指着高月香和黑妹解释道："我以前在女子监狱工作，是她们的管教。"

民警感叹道："那可真是太巧了！"

邓虹询问："她们是什么情况啊？"

高月香抢先指着郭爱美说："她打人！"

郭爱美立刻冲着高月香和黑妹喊道："她们俩是骗子！"

民警猛地一拍桌子，厉声喝道："让你们说话了吗？"

高月香和郭爱美都收了声。

民警指着郭爱美说："你先说。"

郭爱美头发蓬乱，先前一直低着头，此时抬起头说话，众人这才看清她的脸。那是一张略显怪异的脸，像是整容过度，又似轻度毁容。

郭爱美说道："我以前被骗捐过！今天我在商场门口刮奖，又碰到这些骗捐的假聋哑人、假盲人，真是倒霉透顶！我必须得抢走她们的骗捐工具。"说完，她还指着高月香，理直气壮地补充道，"报告警官！就是这个女的，装盲人骗钱！她们俩狼狈为奸，一丘之貉！"

高月香立刻挺起胸脯反驳："我们没骗人，她真的是哑巴，不信，你问我们管教。"

邓虹怒声斥责："她是哑巴，你是盲人呀？丢不丢人？！有手有脚的，不去找份正经工作，净干这些歪门邪道的勾当！还有你郭爱美，点验的时候不在现场，跑去商场门口刮奖，缓刑期间还打架滋事，你是不想好了是吧？就不怕给你转成实刑？！"

高月香急忙说道："确实是她先挑事，先动手的！"

郭爱美不甘示弱："她俩打我一个，把我新接的头发都给扯下来了。骗子！"

邓虹怒喝："都给我闭嘴！"

高月香和郭爱美不约而同地垂下头，不再言语。

邓虹问民警："你们打算怎么处理？"

民警指着高月香和黑妹说："先说她们俩，就乞讨行骗这点，所得金额也就几百块，一是没收所得，二是进行警告教育，让她们做出书面保证，绝不再犯。再说她们仨打架这事，从情节上判断属于互殴，说白了就是拉拽、撕扯,尚未构成刑事后果。"

民警转而询问三个人:"你们能不能和解?能和解就写份检查回家,不能和解的话,你们仨都有前科,拘留所里反省去吧。"

邓虹催促三人:"说话呀!"

高月香率先表态:"我同意和解。"

郭爱美一脸不情愿地说:"我也同意。"

民警对邓虹说:"邓警官,郭爱美还在缓刑期内,回去后可得加强管理。"

邓虹连忙说道:"是的是的,给你们添麻烦了。"

~ 6 ~

郭爱美是个孤儿,在一个大雪纷飞的夜里,被人遗弃在福利院门口。1990年,小县城的福利院经费吃紧,又人满为患,院长明令禁止护工们出门捡她。她在门外哭得声嘶力竭,可众人都装作听不见。大家心里都明白,经过这一夜,她大概率性命不保,届时殡仪馆和警察会来处理,福利院也就少了一个麻烦。

然而,有一位新来的女护工见此情景,猫着腰悄悄出去,将郭爱美救了,并带回了自己家中。可她的丈夫却急得直跳脚,抱怨她捡回了一个累赘,还担忧这个没断奶的小家伙万一有什么先天性疾病,白吃多少年粮食不说,还得贴钱帮她治病。女护工听后,理智渐渐回笼,想到自己的职业,如果以后心肠一直软下去,家里岂不成了孤儿院。

于是,她给小家伙穿上一身棉袄,塞了二十元钱,又写了一张编造凄惨身世的纸条,让丈夫抱着小家伙,连夜赶了二十公里的路,将其遗弃在一所师范中专的教职工家属楼前。

女护工想着扔这孩子得扔个有文化的地方,兴许能扔出个好命。可能是老公赶路太累,进了家属楼后偷懒,少走了几步,最终郭爱美被撂在了学校锅炉工的宿舍门口。

巧的是,这位锅炉工是个单身汉,他心生怜悯,将郭爱美当作亲生女儿一般疼爱,一晃就是七八年。只是这锅炉工生性马虎,烧锅炉时不够上心,结果引发了爆炸,导致自己终身瘫痪。原本是捡了个女儿，不想还未等他费心养大，反倒需要小女儿来照顾自己，也不知这到底是命运不济，还是因祸得福。

郭爱美七八岁时就学会了洗衣、做饭。她怕养父长压疮，每天要帮他翻身叩背十多次，慢慢地，她原本纤细的手臂都变得滚圆粗壮。时间一久，养父实在不想拖累她，便喝了农药。

郭爱美小时候不慎摔过一跤，脸上被磕出一道口子。伤疤愈合期间，兴许是她因为嘴馋，格外爱吃酱油，脸上留下了一道显眼的黑疤。

等到了爱美的年纪，这道黑疤成了她的心病，也因此，她痴迷上了医美，在脸上花费了不少钱财。

她还热衷于刮奖，甚至连官司也是因刮奖而起。她从一家体彩店"顺"走了二十本刮刮乐，每本售价三百元，涉案金额总共六千元，最终被判处两年有期徒刑，缓刑三年。

~ 7 ~

邓虹将三个人都带回自己的办公室，勒令郭爱美站到一旁反省——先反省为何不参加点验，跑去刮奖，还惹是生非；再反省自己的发型，作为一名社矫人员，这样古里八怪的发型像什么样子。

郭爱美噘着嘴站了过去，高月香幸灾乐祸，黑妹也笑了。

邓虹一把将高月香藏在身后的墨镜夺了过来，质问道："你这是又打算重操旧业，准备一辈子靠诈骗过活了是吧？"

高月香抬杠，说这是乞讨，吃相不好看，但不犯法。

邓虹懒得跟她争吵，随手抽了一张纸，写话给黑妹看："你们刑满，监狱给你们发了劳动奖励结余金，这才出来没几天，钱都花哪儿去了？怎么不找正经事做？"

黑妹啃着指甲，看了看高月香，还是笑。

邓虹见两个人什么也不肯交代，说："行，你们不说我就不问。以后也别叫我邓管教了，在监狱里我都管不好你们，出来了更是鞭长莫及。但要是认我这个姐，就先写下你们的居住地址，再写一份保证书，保证绝不再干违法擦边的事。要是不认，那你们现在出去杀人放火，都跟我毫无关系。"说着，邓虹啪的一声，把纸笔拍在了两人面前。

等两人弓起背开始写保证书时，邓虹才稍稍放松下来，伸手给了她们一人一个脑瓜崩，骂道："你们又不缺胳膊少腿，干这种事情！"

一旁的郭爱美这下不老实了，伸出手指指着黑妹，插嘴道："她缺舌头。"

邓虹几步走过去，拎了一下她的头发，吼道："你也去写保证书！"

邓虹带着高月香、黑妹、郭爱美从办公室出来时，天色已经完全暗了下来。

郭爱美开口说道："邓管教，要是没别的事，我就先回家了。"

恰在这时，邓虹的手机响了。她没好气地说道："你们先等会儿。"

电话接通，手机里立刻传来一个女人气急败坏的声音："邓虹你怎么回事啊？！人家等了你快一个小时，你人影都不见。第一次见面就这么不守时，太不尊重人了！"

邓虹忙不迭地道歉："真的抱歉，我被工作绊住了，突发的情况，刚刚处理完，我马上就过去。"

手机里女人的声音愈发尖锐刺耳："你不用来了！人家已经走了！干你们这职业的真不靠谱！"说完就挂断了电话。

邓虹拿着手机愣了片刻，想起身后还站着的仨人，扭回身说："就因为你们仨，我相亲迟到了一个小时。"

高月香忙说道："那你赶紧去吧。"

邓虹无奈地说："还去什么呀，人家都已经走了。"

三个人听了，都默不作声。

邓虹叹了口气，说："走吧，请你们这三盏不省油的灯去吃顿饭。"

小吃街上，一顶顶防雨棚支了起来。棚子下面，铁锅翻炒，火焰升腾，油烟滚滚，在整条街上肆意弥漫。邓虹和三个女孩围坐在一张满是油污的桌前，吃着麻辣烫。

邓虹看了一眼一直闷头吃串的黑妹，转头问高月香："你们俩出狱之后一直在一起吗？"

高月香回答说："我们俩同是天涯沦落人，她账上钱比较多，就先垫钱合租了房子。"

邓虹语重心长地说："你们还是得找份正经工作，好好过日子，走正道才行。今天这事，你们还是要感谢郭爱美，不然你们越骗胆儿越大，不定惹出多大的祸。你们互相加个QQ吧，都是栽过跟头的人，不打不相识，谁也别嫌弃谁。咱们四个建个群，你们仨每个星期都得在群里冒个泡，说说你们都在干什么，群名就叫'向阳花'。"

先前还争吵打闹的三个人，加上QQ后，瞬间又亲密得如同涂了胶水一般。

黑妹起身离开，不一会儿，端着两扎啤酒回来，"咚"的一声，把啤酒放在桌上。她一把抓过郭爱美面前的水杯，把水泼了，倒满一杯啤酒，然后给自己也倒满了一杯。接着，她对着高月香打了一连串手势，随后端起酒杯，面对着郭爱美，一仰头，将杯中的啤酒一饮而尽。

郭爱美一脸茫然，不明白她的意思。高月香连忙给她翻译："黑妹说，之前薅了你的头发，向你道歉。"

郭爱美赶忙站起来，对着黑妹说道："同是天涯沦落人，不打不相识。"说完，也昂起脖子，把杯中的酒喝光了。

高月香笑着说："你这说的都是诗，我可翻译不了，不过她肯定能明白你的意思。我也踹了你几脚，对不住啊。下回谁惹你，我们俩帮着你收拾他。"

说完，她直接端起扎啤，"咕噜咕噜"往嘴里灌了半扎。

邓虹见状，说道："瞧把你能的，你是黑社会啊！"

高月香嘴角挂着啤酒沫，笑着说："我要是黑社会，我们还用得着去讨饭吗？我早就把我女儿的病治好，送她去贵族学校了。"

一句话瞬间让邓虹原本调侃的表情僵在了脸上。此刻，邓虹只觉得心像是被一只无形的手狠狠揪了一下。她把自己杯子里的水泼掉，说："我找个代驾，今天也陪你们喝一杯。"

黑妹下意识地抓住了扎啤的杯把儿,她似乎听懂了,也可能是因为邓虹泼水的动作。她端起扎啤,给邓虹倒满一杯,又依次给郭爱美、高月香,还有自己都倒满酒。

邓虹举起酒杯,认真地说:"我就求你们仨一件事,无论什么原因,要是没饭吃了,来找我,但千万别再犯罪。"

高月香端着酒杯,指了指黑妹,嬉皮笑脸地说:"我可不敢保证,不过她你放心,她现在就算要饭也不会去偷了。"

邓虹一听这话,脸色骤变,砰的一声把酒杯重重摔在桌上,骂道:"我跟你好好说话,你还在这瞎扯。"

说着,她从兜里掏出二百元钱,啪的一声拍在桌上,对郭爱美说:"你去结账。"说完,转身就走了。

黑妹一脸茫然,完全不明白发生了什么。郭爱美埋怨高月香道:"邓管教也是好意,你干吗不顺着她说呢?"

高月香脸上玩世不恭的笑容褪去,她咕咚咕咚灌下几大口酒,颓然地坐在椅子上,小声地说:"生活烂成这样,过烂日子的人最不需要的就是劝。不过虽然我的命已经烂透了,但我女儿的命不能烂。"

这时,隔壁桌的一群人拍着手,唱起了生日歌。

祝你生日快乐,

祝你生日快乐,

祝你生日快乐,

祝你……

第三章

苦钱

~ 1 ~

熙熙攘攘的广场中央,搭建起一座红色的舞台。舞台一侧的简易板墙上,悬挂着一颗绚丽的迪斯科灯球。随着灯球的转动,五彩斑斓的光斑在夜空中不断旋转,犹如一支万花筒,将舞台下方那成百上千个疯抢"鹿茸保健酒"的男人笼罩其中。

一位白白胖胖的主持人,双手紧紧抓着四瓶作为赠品的酒,随手用力一抛,舞台下方千百只手高高地伸着,急切地想要接住。赠品发完后,主持人大吼一声:"让我们用热烈的掌声,有请我们的劲舞女郎闪亮登场!"

话音刚落,舞台的左右两边,各有一群身着超短裤的女孩随着动感的节拍鱼贯而出。高月香在左边的队伍中，黑妹则站在右边。台下的观众们立刻兴奋起来，掌声雷动，口哨声此起彼伏。人群中，突然有人大声喊道："跳个脱衣舞！"紧接着，就有人跟着起哄："要是跳一个，我们就把所有的酒都包了！"

直到午夜时分，广场上的人潮才渐渐退去，热闹的场景也逐渐归于平静。

高月香找到主持人要钱——工作难找，她跟黑妹暂时找了个跳舞的兼职，说好跳一场舞每人能得二百元钱。主持人将钱交给她们，还送了一瓶鹿茸酒。

"我们要这酒有什么用，留着你自己喝吧。"

见高月香不客气，主持人的"咸猪手"立马搭上了她的肩头，调戏道："这酒贵着呢。待会儿一起喝点？"

高月香打掉主持人的手，将黑妹拉过来，指着黑妹的吊带抱怨道："看看我妹妹这服装，透成啥样了。你就不能给我俩揽点好活儿呀。"

"你们就是身在福中不知福，有一大帮女人抢着去乡下跳红白喜事会场，你知不知道那里流行啥跳法？流行跳裸舞呢！"

主持人怕黑妹不懂意思，给她比画了个脱裤子的手势。黑妹以为他耍流氓，一巴掌打了过去，指甲顺势划下，主持人惨叫一声，面部留下三道血杠杠。

这活儿还没干几场，就黄了。

高月香和黑妹决定继续找工作。

那段日子，网吧成了她们最常光顾的地方。她们每天在网吧里一坐就是十个小时，尽情地"煲剧"。直到每次下机前半小时，才会抽空在网上搜索一下招聘信息。思来想去，对于她们而言，最理想的工作莫过于在服装厂当缝纫工了。毕竟，坐牢时她们踩过缝纫机，要是进了服装厂，马上就能投入工作。然而，问题也随之而来，高月香心里明白："咱们这缝纫手艺是在监狱里学的，人家服装厂恐怕不会愿意录用坐过牢的人。"

带着这样的顾虑，高月香又和黑妹在网吧里虚度了整整一个星期的时光。

直到有一天，高月香无意间看到一则新闻。新闻里提到,有一个曾经的神偷,在出狱后痛改前非,走上了正道,专门讲解各种锁具的安全性能,还传授实用的防盗知识。这则新闻就像一道光,瞬间点亮了高月香,给她带来了灵感。

她激动地拉过黑妹,让她一起看新闻,同时在屏幕上快速地敲出一行字:"我想到赚钱的好办法啦,说不定咱们马上就能发家致富了!"

黑妹满脸疑惑,一头雾水,高月香却兴奋得两眼放光。她对黑妹的开锁技术充满了信心,据她了解,黑妹不仅对扒窃的手段了如指掌,还精通各种各样的开锁技巧。平日里无聊的时候,黑妹就经常给她展示一些开锁的小方法,用夹子、撬子、铁钩、钢丝等工具巧妙地组合在一起,凭借着手腕上的巧劲儿,就能轻松打开各种不同的门锁。

黑妹还掌握一些独特的开锁方法。比如,她会把口香糖塞进锁芯里,利用口香糖把锁芯里的"弹子"卡住,然后再挑选一把合适的小号钥匙插入锁芯,等口香糖变硬后,就能强行把锁打开。

"你肯定见过在集会上搞推销的场景吧,就好比推销一把刀的时候,推销员会拿它和别的刀进行比较,让两把刀相互砍,把对方的刀砍出几个缺口,以此来证明自己推销的这把刀质量更好。咱们也可以这样,去推销高档的锁具。咱们可以上门推销,一到客户家里,先把他家的门打开,让客户亲眼看看他家的锁有多么不安全,然后再向他推荐我们的高级锁。我们还可以和锁具生产厂家合作,甚至可以去广场上举办一些开锁表演的活动,反正咱们以前也有表演方面的经验……"

高月香觉得自己的想法万无一失,还拉上了郭爱美。

~ 2 ~

早上七点,早早起床准备去家访的邓虹收到了郭爱美的消息,内容洋洋洒洒一大段,归结起来核心只有一个:借钱。

邓虹当即打电话过去询问,待了解清楚情况后,一方面觉得郭爱美口中的创业点子确实有些新奇;可另一方面，又隐隐觉得这个想法很难真正落地施行。

郭爱美提出的借款金额是五千元，这笔钱说多不多，说少不少，邓虹有些犹豫。况且，她心里还对高月香憋着一股气呢。但转念又一想，自己为什么生气，还不是盼着高月香能走上正轨，变好起来。

思来想去，她决定叫上郭爱美，一起去家访。

先前，邓虹曾尝试给"向阳花"十二名女犯都做一遍家访，只有地处偏远、联络不上的人家才被迫放弃，尽管工作已经调动，邓虹还是放不下，常去她们的家中探望。

这些做在背后的事，"向阳花"的女犯们压根不知道，邓虹做这些也只是出于"见困难要帮"的良心，不图什么回报和感恩。

今天邓虹要去的是胡萍的家。自打她工作调动之后，胡萍常常写信给她，倾诉对家中的担忧，害怕瘫痪在床的父亲撑不到自己出狱。为了消除胡萍在改造过程中的思想顾虑，邓虹决定还是去一趟。

邓虹刚刚踏入胡萍的家里，邻居老头便拄着拐杖过来迎她，嚷嚷着："上次给的钱，没花了呢！"

邓虹疑惑地回应："老爷爷，您是不是记错啦？"

邓虹让郭爱美帮忙打扫一下家里的卫生。这时，屋里传来胡萍父亲的声音："是萍萍的领导来了吗？"

邓虹走进屋内，胡萍父亲又重复道："上次给的钱，还没花完呢。"

邓虹瞬间警觉起来，追问道："上次是谁来过？"

胡萍父亲回答："萍萍的两个领导呀，也穿着警服，还给我钱花。"

邓虹接着问："他们长什么样？"

胡萍父亲说："我瘫在床上，视线不好，记不清模样了，只记得一个皮肤白，一个皮肤黑，都是短头发，一个比一个短。"

邓虹一下子就猜到了，顿时火冒三丈，气势汹汹地朝着"河景吉房"赶去。郭爱美见势不妙，早早地往高月香的手机上发了几条信息通风报信。可此时的高月香正在阳台洗衣服，丝毫没有察觉。

两身警服正泡在肥皂水里,黑妹在一旁咿咿呀呀地用手语比画着:"扔了吧,洗它们干吗?"

　　高月香举起两只沾满肥皂泡的手,边比画手语动作边带出许多彩色泡泡,回应道:"两身衣服四百多块呢!过年你都得给我穿着它!"

　　飞溅的肥皂泡落在了黑妹的脸上,黑妹赶忙逃进屋里。

　　透过窗户,黑妹眼尖,看到一辆红色轿车停在了门口。高月香还在不紧不慢地晾警服,黑妹反应迅速,冲过去一把抓起两身警服,从阳台扔了下去。

　　邓虹赶到后,脸涨得通红,像只红灯笼。她连门都没敲,径直闯进屋里,站定后,死死地盯着高月香和黑妹,盯得两个人心里直发毛。

　　邓虹的心里一直有个过不去的坎儿。

　　她刚从警的时候,有个犯人出狱后穿着假警服,冒充她的身份去同改家里诈骗,以承诺发放减刑假释名额的名义,骗了家属七千多元——这个数额在当年,是一个农村劳动力一年都挣不够的血汗钱。

家属追到监狱门口哭了好几天,一声声叫骂着的,还是邓虹的名字。

此刻,屋里静得像一座坟墓。

邓虹将目光转向郭爱美,冷冷地说:"给我搜!"

郭爱美下意识看向高月香,用眼神怪她不看手机。

郭爱美开始搜查屋子,邓虹靠近高月香,用审问的口吻质问道:"你们去胡萍家里干什么?!还穿着警服!"

高月香心虚,往后退了一步,吞吞吐吐地说:"什么警服?"黑妹倒是一点都不害怕,冲着邓虹激动地比画着手语。

邓虹问高月香:"她瞎比画什么?"

高月香回答:"她在给你普法呢,私闯民宅,这可是违法的。"

邓虹气得冷笑一声。

正在这时,一个钓鱼佬走了过来,手里抓着两身湿漉漉的警服,在窗口探头探脑。看到有人在,他开口问道:"这警服是你家丢的吧?盖我头上了。"邓虹眼疾手快,抢先一步把两身衣服抓到手里，怒吼道："我先去趟胡萍家，然后你们再跟我去派出所说清楚这件事，虽然是犯罪中止，但我告诉你们，处罚不处罚，一个要看你们的认罪态度，其次听从公安的发落！"

~ 3 ~

暮色将至，邓虹独自驾车回到胡萍家。

"大伯，那两个人给了你多少钱？"邓虹问道。

胡萍父亲有气无力地吐出两个字："七百。"

邓虹接着追问："那钱你用了吗？"

胡萍父亲微微摇了摇头，干裂的嘴唇动了动："我不用，我给萍萍攒着。"

邓虹的目光柔和了些许，轻声说道："你放在哪儿？给我看看行吗？"

胡萍父亲缓缓伸手，从枕头底下摸出一个皱巴巴的烟盒，动作极为小心，仿佛那烟盒里装着的是稀世珍宝。他轻轻地打开烟盒，从中掏出一卷钱，颤颤巍巍地递给邓虹。

邓虹接过钱，双手捋平，数了一下，不多不少，刚好七百元。随后，她又将钱重新卷好，放回烟盒之中。

胡萍父亲眼中闪过一丝疑惑与不安，问道："我女儿是不是出了什么事？"

邓虹深吸一口气，缓缓说道："事情是这样的，那两个自称警察的人是冒牌的。她们和胡萍曾在同一个监舍，刑满出狱后，以为你们家条件不错，就冒充警察来骗钱。"

胡萍父亲满脸的迷惑，眉头紧皱，喃喃道："可她们没有骗我钱啊？还给了我钱。"

邓虹点了点头，解释道："她们原本是想骗钱的，可到了你们家，看见你们家生活很困难，心就软了，不仅没骗，还倒贴了七百元。"

男人若有所思，顿了顿问道："那我要还给她们吗？"

邓虹神色认真，说道："不用。从法律上来说，她们这种行为属于犯罪中止。不过，如果你要追究，她们还是要承担法律责任的。"

男人毫不犹豫地说："不追究。"

这时，邓虹伸手摁停了放在旁边桌上的手机录音键，语重心长地说道："大伯，以后再有穿警服的人来家里，一定要叫上村里的干部，仔细核实他们的身份，千万别上当受骗。"

男人无奈地苦笑一声："我这把烂骨头，还有什么好骗的呢？"

邓虹心中一阵唏嘘，语气也变得温和起来："胡萍的刑期明年就满了，你好好保重身体，等着她出来。"

男人听了这话，面庞突然一阵发痒，他急忙侧过身去，抬手一抓，满手都是泪水。

离开胡萍家，邓虹先带着高月香和黑妹去了派出所，民警说事情性质虽然恶劣，但好在两个人及时中止犯罪，之后也就是批评教育了一番，当天就释放了。

之后，邓虹喊来郭爱美，带她去银行自助取款机，取出五千元钱。

她把钱递给郭爱美，神情严肃地说："你们那个卖锁的点子，有点悬，但只要是走正道，我都愿意支持你们。

如果创业失败了,也别再想着走歪门邪道。"

郭爱美接过钱,频频点头。邓虹转身要走,她赶紧追上去,小心翼翼地说:"高月香和黑妹烧了菜,想给您赔礼道歉,赏下脸呗。"

邓虹头也不回地说道:"气都气饱了,不去!"

~ 4 ~

得知三个人锁具推销的生意已经开始干了,邓虹还是暗自去市区的广场上观察了一番。

那日,广场前方高高升起了一对氢气球,气球下方垂着醒目的条幅,上面写着"居民门锁安全性能检测现场"。正值深秋,阵阵冷风吹来,零零散散的观众里,好些人都已经穿上了厚实的羽绒马甲。可高月香却依旧穿着贴身的小背心和超短裤,凛冽的风把她的大腿都吹红了。

风不停地呼啸着,条幅也跟着摇摇晃晃。见人多了些,高月香拿起话筒,大声说道:"今天,新兴锁具厂在此举办一场公益性质的表演活动,特意邀请了专业的锁具专家,来测试市面上最为常见的门锁的安全性能。等一会儿表演结束后,要是大家对自家的门锁不太放心,都可以请专家上门测试。现在,表演活动正式开始——"

宣布完之后,她迅速放下话筒,去帮黑妹抬样门。黑妹打扮得十分正式,鼻梁上架着一副眼镜,胸前还挂着一个"职称牌"。在临时搭建的小台子旁边,整齐地摆放着几扇样门,每扇门上安装着不同的锁具。

两人合力将其中一扇门抬到场地中间,高月香一只手稳稳扶住门,另一只手再次拿起话筒大声介绍:"各位朋友,这扇门上安装的是B级锁,是家庭防盗门里应用最普遍的一款。现在,请几位朋友到前面来检查一下,看这扇门是不是已经锁好了。"

话音刚落,立刻就有三五个男人挤过去,在门把手上试了试,确认门已被锁上。

高月香接着又说:"请大家把目光投向我们的女教授——"

黑妹手持一个工具箱,绕着场地展示了一圈。

高月香解释道:"这就是目前盗贼们最常用的开锁工

具,现在我们请女教授用这套工具来测试一下锁具的安全性能——"

黑妹随即取出工具,高月香掐着脖子上的秒表开始计时,锁啪的一声开了,秒表被迅速掐住。

"6秒!可见盗贼进入大部分人家的时间,比拿钥匙开门还要快。"

观众们热烈鼓掌,被安排在人群里当托的郭爱美带头大喊:"什么价格!我要三套!"有人当即要求带她们去测试自家门锁。

邓虹目睹了整场表演,虽对黑妹冒充锁具专家的行为不满,但见活动结束时,现场就卖光了一百套高级防盗锁具,还是替她们感到高兴。

她背着手走到三个人身旁,假装要买锁:"给我来两套锁。"

三个人正忙着收拾会场,高月香背对着邓虹,没回头,回了一句"都卖光了"。邓虹又咳嗽了一声,高月香回过头一看,乐了,赶紧把黑妹叫过来:"送,送您两套。"

晚上高月香非要请客吃饭,邓虹有制度规定,不方便一起,临走时给高月香提醒,不要再打着专家的名头,可以说是开锁技师。

高月香连连点头,大家都很开心。

~ 5 ~

生活好似缓缓归位的齿轮,平稳地运转起来,一切都步入正轨。邓虹也在父亲的催促下,重新开始相亲。

这天,红娘又给她精心安排了一场,电话里那叫一个苦口婆心,千叮咛万嘱咐道:"这次可是个实打实的优质男,要是再相不成,往后的姻缘就自求多福吧。"

红娘口中的优质男是个国字脸的男人,名叫霍喆,身形不算魁梧,眼睛挺大,向外微微凸起。

邓虹刚一入座,还没等寒暄几句,霍喆便敏锐地察觉到她心不在焉,开口说道:"相亲都不专心,操心的肯定不是自己的事。"

邓虹微微一怔,旋即回应:"你可真会看人,那对另一半的要求想必也不低吧?"

霍喆嘴角一扬,略带调侃地说道:"我对人民警察可不敢有要求。"

邓虹一听,不禁莞尔:"人民警察本就是为人民服务的,你难道不是人民?咋就不敢提了?你这人,还挺幽默。话说回来,你在哪个单位高就呢?"

霍喆不紧不慢地吐出两个字:"税务。"

邓虹瞬间两眼放光:"你跟企业打交道多,认不认识搞锁具开发的企业?"

邓虹觉得高月香她们卖锁的点子不错,兴许三个女孩能就此改变命运,但最好能有稳定的进锁渠道,产品质量也能得到保证。

霍喆的脑筋飞速转动,忙不迭说道:"还真认识一家锁具厂。"

邓虹当机立断,说道:"相亲暂停,先帮我一忙。"

饭后,邓虹主动买完单,便催促着霍喆带她接上高月香她们，前往那家锁具厂，一心想着要和老板谈笔买卖。

万家灯火锁具厂位于城南农民工子弟学校北侧，规模颇为可观，拥有五座宽敞的厂房，厂内甚至还有一个标准的足球场，时常能看到学校的体育老师前来借用场地。

该厂老板姓周，早年在街头修自行车。或许是天生就对摆弄铁具、钻研机械零件有着独特的天赋，再加上时来运转，周老板白手起家，生意越做越大。这位周老板平日里爱给学校的老师们"画大饼"，年年都许下承诺，说明年一定给学校捐建一座足球场。可这承诺年年落空，其真实目的，无非是想哄骗小学生们来厂区帮忙除草、捡垃圾，占点小便宜罢了。

这天，周老板正坐在办公桌前，手里把玩着一套智能锁具，用自己的指纹反复尝试开锁。财务小妹轻轻敲门后走进来，说道："老板，咱们的税务专管员来了，说是想跟您见面谈点事儿。"

周老板一听，脸上瞬间闪过一丝紧张，忙问："咱们最近不是刚被查过一轮吗？又怎么了？"

财务小妹赶忙解释:"不是税的事儿。"

周老板这才长舒一口气,拍了拍胸口说:"吓我一跳,我还以为税务上又出岔子了呢。"

周老板这人表现欲极强,访客来了,都要安排秘书把人先引去展厅,听他讲解一番"厂史"。

锁具厂的展厅布置得极为华丽,一排排钢化玻璃展柜内置灯带,柔和的灯光下,各式各样的锁具散发着独特的光泽。

周老板给霍喆和邓虹逐一介绍:"最早,我祖上是打门闩的,强盗杀进村,就我们家的门闩蹑不断,木料结实,祖上做买卖就肯下本儿。"

说着,他指了指展柜里一堆包浆的门闩,接着又指向几个大小不一的黄铜三簧锁,继续说道:"我太爷爷专门做这三簧锁,当年当铺、古董店的单子最多,这锁一上,比现在的保险柜都让人放心。"紧接着,他又带着二人来到一堆生锈的手铐、脚镣前,介绍道,"到了我爷爷这辈,生意路子就广了些,只要是沾锁的活儿,啥都接。这批东西，就是监狱定制的，锁芯牢靠得很，从来没让犯人跑掉过。"

霍喆悄悄凑近邓虹，小声嘀咕："别听他瞎吹。"

邓虹微微点头，轻声回应："我差点就信了。"

霍喆又补充道："他以前就一修自行车的。"

周老板浑然不觉，走到一套智能锁具旁，神情愈发得意，开始激情演讲："历史就不多回顾了，隆重给二位介绍一下我们当下最重磅的产品——'万家灯火'第三代安全智能报警锁。装上这套锁，谁家里要是进了贼，只要是技术性开锁进去的，查证属实，我们厂赔偿十万元，可以签协议。"

说着他指了一下展厅上方挂着的四个书法大字——"天下无贼"。

"干一行爱一行，这个书法作品，车间、办公室、展厅，全挂上了，这就是我办厂的信仰。"

周老板正讲得入迷，霍喆适时打断："你的信仰先谈到这儿，我们谈谈生意吧。"

周老板这才回过神来，连忙恭敬地说道："二位请移步我的办公室。"

在总裁办公室，霍喆刚挑明来意，周老板一口刚喝到嘴里的茶瞬间喷在了桌面上。

他连连摆手："不行不行，专管员我真不是驳您面子，怎么能让几个劳改犯推销我们的锁呢？这要传出去，还不砸了我们的牌子。"

邓虹赶忙纠正："不是劳改犯，是刑满释放人员。我是她们的管教，有什么问题我来负责。"

霍喆也在一旁帮腔："能有什么问题呀，反正你那些锁都滞销在仓库里。这也是发挥她们的特长，帮你的锁打开销路。你要觉得这方案可行，不妨试试。卖出去了你给她们提成，卖不出去你也没什么损失啊。"

邓虹紧接着补充："给犯过错的人一条出路，也是你们企业家应尽的社会责任。"

周老板听后，沉思片刻，说道："那就让她们先去家具城试一试，她们人来了吗？"

邓虹忙应道："来了，就在车里候着呢。"

霍喆见事情有了转机，对周老板说道："具体的事儿，你就跟她们仨对接吧，我们就不插手了。"

说完，他凑到邓虹耳边："咱把相亲的事续上。"

~ 6 ~

彼时，当地的房地产行业正一路高歌猛进，与之紧密关联的建材家具城也顺势狂揽红利，生意火爆至极。

家具城的外立面上披挂着五花八门的广告条幅，里面的生意更是热火朝天，竞争十分激烈。商家们为了招揽顾客，使出浑身解数，有常年打着低价清仓甩卖的旗号吸引顾客的，有请来小丑在店门口卖力表演的……销售手段层出不穷。

这天，家具城的二楼人头攒动，万家灯火锁具厂的展位前，一条醒目的横幅高高拉开，上面写着"防盗门锁安全性测试点"。

展位被精心布置成一个极为亮眼的舞台，陈设着好几扇样门。

穿着小西装，戴着眼镜的高月香站在舞台上，手持话筒，指着一扇老木门上的门闩说："我们家祖上是打门闩的，强盗杀进村，就我们家的门闩踹不断，木料结实，祖上做买卖就肯下本儿。"

话音刚落，她又拿起一套三簧锁："我们家太爷爷做三簧锁，山西的银号、当铺用的锁都是我们家打的。"

接着再拎起一副生锈的脚镣："到了我们家爷爷这辈，经营范围又拓宽了。民国时期，监狱用来锁犯人的戒具，很多都是从我们家订的，凡是用我们家锁的监狱，从来没跑过犯人。"

周老板的这套话术被高月香说得更加天花乱坠，效果出奇的好，围观的客人把二楼堵得水泄不通，整座商场的安保力量都被调了过来。

高月香推了一下险些从鼻梁上滑下来的眼镜，高声说道："我们家的制锁历史就不多回顾了，接下来，我要向各位隆重地推介我们家最新研制的'天下无贼'智能防盗锁。购买这套锁的用户，但凡家里遭遇溜门撬锁的情况，经警方现场勘查鉴定为非暴力开锁入室的，我们家郑重承诺，赔偿损失十万元。"

人群中立刻有人发问："那从窗户进去的呢？"

高月香反应迅速，不假思索地回应道："那得找卖窗户的赔去。"

言罢，高月香走到几扇样门前，介绍道："这些样门上装的锁，都是市面上最常见的款式。那么，它们的安全性究竟如何呢？接下来，我们将现场为大家进行检验。"

她向一直候在场边的黑妹做了一个手势，宣布："有请我们的开锁技师。"

工程师打扮的黑妹拎着工具箱登场，向大家鞠躬致意，随后打开工具箱，取出开锁工具。

高月香环顾四周，大声询问："哪位热心的朋友愿意上台检查一下这些门有没有锁上？"

话音刚落，一位观众迅速从人群里走上台来，仔细确认了三扇门都已锁牢。

高月香再次高声确认："是不是都锁了？"

观众笃定地回应："锁了。"

"那有请我们的开锁技师计时开锁。"高月香拿起一块秒表,与手持开锁工具的黑妹并肩站到一扇样门前。高月香微微点头,冲黑妹示意"开始",刹那间,秒表被按下,计时开始。黑妹将工具精准地插进锁芯,轻轻拨动,仅仅三两下,门锁便被打开。紧接着,她又以同样娴熟的手法,相继把第二扇、第三扇样门的锁轻松打开。

高月香高高举起秒表,向大家展示道:"打开三套锁,总共用时三十秒,平均一个锁只用了十秒。"

围观的人群中爆发出一阵惊叹。

高月香目光灼灼,高声问道:"大家说,这些门锁是不是形同虚设?你们住在这样的房子里,还有安全感吗?"

立刻有人喊:"我们家装的就是这种锁。"

又有人跟着感慨:"太不安全了!"

接着,高月香来到一扇装着智能锁的样门前,拿起话筒,用洪亮且极具感染力的声音告诉观众:"大家不必担心,这是我们家最新推出的'天下无贼'智能防盗锁,让我们一同见证,看看开锁技师能不能打开它。"

黑妹找到暗藏的锁眼,刚把工具插进去,门锁立刻爆发出刺耳的警报声,响彻整个展位。

开锁失败,黑妹苦笑。

高月香不紧不慢地走上前,输入自己的指纹,瞬间,门锁打开,警报声也戛然而止。

高月香握着门把手,面向大家,激动地说道:"装了我们家这套锁,你们是不是觉得很有安全感?今天是我们新品上市的促销活动,凡是能在今天购买的顾客,均可享受八折优惠,并且我们还提供免费上门安装服务。八百八,防贼防盗的钱您得花。"

被高月香极具煽动性的话语感染,围观的人群中不少人表示要换锁。

郭爱美混在人群里,假扮成普通消费者,扯着嗓子喊道:"我们家装的就是这种锁,前两天我隔壁的几户都被撬了,就我们家没出事。"

说着,她举起信用卡,快步走向高月香,急切地说:"我给我奶奶家也买一套。"

受她的带动,人群里好几个人也赶忙走上前,纷纷说:"给我也来一套。"

有人随声附和:"省什么也不能省这钱哪。"

高月香特意笑容满面地看着郭爱美，夸赞道："这位小姐姐，你买的不是锁，你买的是一份实实在在的踏实。"

这时，一个观众满脸关切地问高月香："美女，你们能不能上门服务呀？要是我们家那锁也能这么轻易就被打开，我肯定换。"

高月香立刻热情地递上一张名片，说道："这是我们的电话，您可以随时预约。"

不一会儿，现场的锁具就被一扫而光，还有很多人付款预订。

周老板就在现场，见到这般火爆的销售势头，频频点头，等到活动结束，他迫不及待地给邓虹打去电话："邓警官，今天的活动，让我感动、感恩、感谢。我是差点儿就错过了一个好商机，小瞧她们了。她们太不容易，太厉害了！我要跟她们长期合作，我有信心把'天下无贼'的品牌推向全国。"

~ 7 ~

邓虹从日历上精心挑选了一个吉日,在"向阳花"的群里发出聚餐消息。

晚八点,高月香、黑妹和郭爱美来到一家淮扬餐厅。三个人刚在包厢落座,郭爱美就对高月香说:"一会儿咱们买单吧。"高月香点头应和:"邓管教帮了我们这么大忙,必须得我们请客。"

没一会儿,邓虹和霍喆推门而入,还没落座,邓虹便满脸笑意地宣布:"今天我买单,我和霍喆订婚了,特意请你们吃顿饭。"

高月香和郭爱美瞬间尖叫起来,黑妹赶紧扒拉高月香,用手语比画着问:"什么情况?"高月香也赶忙用手语回复:"邓管教要结婚了!"黑妹一听,瞬间也兴奋起来。

一时间,还未开席的包厢里,就被欢声笑语填得满满当当。

很快,菜品上齐,酒水也摆上桌。

霍喆看着邓虹，温柔地说道："待会儿我开车，你们放心敞开喝。"

高月香站起身，端着扎啤，一边给邓虹的杯子里倒酒，一边半开玩笑地对霍喆说："本来特别想感谢你，人家周老板要不是看你面子，哪会找我们卖锁。但现在我又特恨你，趁我们忙的时候，你也没闲着，把我们的邓管教拐走了。"

霍喆端起茶，笑着回道："既然事情已经到了无可挽回的地步，那我只能以茶代酒，跟你们三个说声抱歉了。"

郭爱美拽了一把黑妹，高月香便带着两人，一起跟霍喆碰杯。

邓虹佯装责怪："你们倒先喝上了，把我一个人撇开啦。"

高月香赶紧续上酒，举起酒杯敬邓虹："邓管教，上回那杯酒，你没喝成，都怪我。"

说完，一仰头将杯中的酒一饮而尽。

邓虹也放开了，跟三个女孩尽情畅饮，她的心里涌起一种成就感，就像木匠能把一堆朽木雕琢得花团锦簇那般，这世界上，再没有比引导人向善更有意义的事了。

几轮酒过后，邓虹的脸一会儿红一会儿白，她再次举起杯："那些不好的过往全部翻篇，祝你们三个，从今往后事事顺心，都能有个好的未来。"四人再次碰杯。

这时，霍喆突然开口，语气严肃："我对你们三个说几句扫兴的话，要不是你们的邓管教，我作为一个普通人来看你们，觉得就该让你们吃点教训，犯法了还想过好日子，凭什么呀？在里面是监狱惩罚你们，在外面社会也得惩罚你们，只有这样，对遵纪守法的人才公平，代价越大，大家越不敢违法。坐完牢出来了，个个都混得风生水起，那才乱了套了。知道那句话吗？法律是人性的低保，低保都不要的人，惨也是活该。"

这一番话，如同一记闷雷，瞬间打破了原本欢快的氛围。

高月香脸上闪过一丝不服气，像是有一肚子苦水，却又不知从何说起，只能闷头喝酒。黑妹敏锐察觉到气氛的变化，眼神有些闪躲，看向别处。

只有郭爱美，阴阳怪气地回了一句："哥说得对，我们就是蟑螂老鼠，只要不拍死我们，我们就常怀感恩的心呗。"

邓虹狠狠瞪了霍喆一眼，低声骂道："你这直男癌都晚期了吧。"

饭局结束，三个女孩都喝得酩酊大醉，邓虹也有些神志不清。霍喆只能开车先送三个女孩回出租屋。

他开着车，邓虹坐在副驾驶座，三个喝高的女孩歪歪斜斜地靠在后座上。车子行驶在深夜的城市街道，临河的夜风呼呼地灌进车里，吹动女孩们的发丝。邓虹怕她们着凉，让霍喆把车窗关上。

霍喆只关了一点，留了条宽缝，解释道："还是别关太严了，让她们醒醒酒。"

过了一会儿，高月香迷迷糊糊醒了，眼睛都没睁开，双手就一个劲儿地往副驾驶座扒拉，嘴里还嘟囔着："邓管教，你凭什么对我们这么好？我们可是蟑螂老鼠呀。"

邓虹轻声安抚："别闹，坐好。"

郭爱美也醒了，稀里糊涂地大喊："哪有蟑螂？我最怕蟑螂了！快打死它！"

黑妹哼唧了几声，换了个姿势，继续睡。

高月香又扒拉着驾驶位，问霍喆："那你说，凭什么邓管教要对我们好？你说我们都是蟑螂老鼠来着。"

霍喆说："我没说你们是蟑螂老鼠，是你们自己说的。"

郭爱美也跟着起哄，扒拉着驾驶位嚷嚷："就是你说的。"

邓虹忍不住说："看吧，得罪她们了吧，给你发酒疯呢。"

霍喆无奈道："我刚才要说了什么刺耳的话，你们全当耳旁风吧。"

高月香和郭爱美依旧不依不饶。

霍喆火了，猛地把车靠路边停下，转头大声训斥："喝了点酒，你们就无法无天了！闹什么闹！闹出事故，你们谁能负责？！你们对自己都负不了责！"

这一吼，把两人吓得一哆嗦，邓虹也被惊得心跳加速。此时她才清晰地意识到，霍喆从心底里，对这三位有前科的女孩满是厌恶。

就在这僵持的氛围里,突然传来"哇哦"的呕吐声。

原来是黑妹,吐在了车里。

等把三个人送回了住处,霍喆将车停在河边,皱着眉头,嘴里叼着根烟,抱怨道:"这大半夜的,上哪儿洗车去?"

邓虹赌气似的,从街边打烊的店铺门口找来一个水桶和拖把,又从河里提来一桶水,在桶里浸湿了拖把,开始清理车里的呕吐物。

霍喆靠在车身上,一口接一口地抽烟,冷不丁又说:"结婚办酒席,你就别叫她们来了。"邓虹手上的动作一僵,没有回应。

霍喆追问道:"行吗?"

邓虹埋头跟座位上的呕吐物较劲。

~ 8 ~

不知不觉间,高月香和黑妹刑满出狱已经小半年了,

2013年的日历本即将被撕光,2014年的春节正马不停蹄地赶来。

腊月二十五这天,周老板给高月香打电话,让她到厂里结算销售提成。

高月香带着黑妹,又叫上郭爱美,三个人一道去了锁具厂。

见她们来了,周老板从抽屉里掏出三个红包,又从其中一个红包里抽出厚厚一沓钱,拇指熟练地拨弄着钞票,鼻子凑近,深深嗅着,一脸陶醉地说:"我喜欢钞票的味道,喷香。不过,马上就是网络支付的时代了,赚钱、花钱都少了很多快感。只要你们耐得住苦,吃得了亏,世界将来都是你们年轻人的。这几个月你们的业绩不错,这是提成。"

说罢,周老板把钱塞回红包,将三只红包推给三个女孩。

三个人接过红包,高月香一摸就察觉出厚度不对,立马将钞票抽出来对账。

钱果然是少的,高月香赶紧问:"老板,数额不对啊，少钱了。"

郭爱美和黑妹的脸色也瞬间阴沉下来。

周老板立马换上一副愁眉苦脸的模样，表情比三个女孩还要难看几分，整个人往总裁椅上重重一瘫，开始报账："账我心里门儿清，你们这个月一共做了十场活动，活动现场统共销售了六百八十五套，除去成本、推广费，每套销售提成许诺你们八十块，总提成额是五万四千八百块，每个人分到手是一万八千二百六十七块。"

郭爱美附和道："对呀，账没错，红包里钱少了，每个人只有九千六百块。"

周老板的脸涨得通红，像熟透了的猪肝："账我只给你们结了一半，现在厂里遇到点麻烦事，这套锁的专利获取方面出了问题，被专利人给告了，对方来头不小，我们公户里那点钱，还不知道够不够赔的呢。给你们的红包，可是我私户里的钱，必须给你们拿钱过年。"

高月香再也按捺不住，噌的一声站起身，双手叉腰，怒声斥责："你好歹也是个大老板，偷什么不好，居然偷人家专利？！"

周老板无奈叹气:"以前是撑死胆大的,饿死胆小的,狠人发大财。现在世道变了,法治社会,狠人没活路了。以后只能干点风险小的,能吃饱的,卷起铺盖就能跑的。"

高月香不耐烦地打断他:"少废话,你把她们的账结清。这么大一个厂,几万块钱还拿不出来?"

周老板咬死了不松口:"清不了。仓库里还有几十套锁具,你们全拉走,抵账。反正你们能卖,再搞个几场活动,马上就能脱手,别挂这牌子就行,偷着卖了。"

高月香忍不住骂了一声:"真鸡贼!"

黑妹早已看清局势,用手语比画着:"本想遇贵人,结果碰到鬼。"

郭爱美心急地说:"别跟他啰唆了,我给邓管教打电话。"

高月香赶忙拦住她,说:"邓管教明天办喜酒,别给她添麻烦了。叫个车来,我们去仓库拉锁。"

邓虹和霍喆的婚宴定在腊月二十六,这叫双喜临门,结婚、过年两不误。

婚礼安排在霍喆的老家，由霍喆的姐姐一手操办。

霍家老宅的院里砌起了阶梯大灶，上边能放置八口铁锅。墙角另外架着三个煤炉，烧水、煨烫、煮肉，各司其职。

霍喆如今有出息了，院子里到处都是忙碌的族人。他们有的忙着倒茶，有的热情派烟，有的专心烧锅，有的负责待客……人人都不得闲。

进院的男人不愁没烟抽，嘴里叼着一根，耳朵上还夹着一根；女人们则聚在一起，吃着喜糖、嗑着瓜子，东家长西家短地唠着家常。

婚宴和婚礼的场地，就布置在街道上，一排租借来的草绿色帐篷下，橘黄色的桌椅整齐排列，摆成一溜长长的宴席。

霍喆的姐姐霍梅特意烫了卷发，穿一身大红的羽绒服，胸口别着红花，挎着一只小皮包，专收份子钱。虽说精心打扮了一番，但整个人看上去却有一股淡淡的苦涩，像老房子里点燃的一盘蚊香。

高月香、黑妹和郭爱美悄摸摸进了门,快速走到霍梅跟前,每人往她的皮包里塞进去一只红包。

三个人寻到这个村庄,费了好多力气,红包里每人装了一千六百六十元,数额是她们事先商量好的。

她们还在红色封面上写满了祝福语,高月香写的是:你就是"向阳花"的一道彩虹,祝前程似锦,做个大官。黑妹写道:希望你像管犯人一样管男人。郭爱美则写着:越来越漂亮,好运连连,比心。

塞完份子钱,霍梅拖她们吃席都拖不住,三个人掉头便走,好像脸上刻着"刑满释放人员"的大字,要给邓虹跌份儿。

三个人走出村庄,眼前是一片冬荒的旷野,几座废弃的铁塔孤零零地竖立在农田里,直插云霄,喜庆的爆竹声在身后炸响。

高月香仰起脖子,望着铁塔,思绪不由自主地飘回到少女时期。那时,暑日炎炎,她在船上干活,来了一个岸上亲戚家的男孩,十五六岁的模样,满脸都是青春痘,来船上避暑。

那个夏天过分炎热,日光把一切都晒得垮塌。船上空间狭小,到了午睡时间,不管大人小孩、男的女的,就连船上的狗都会凑到一起,挨着冰块睡。那是制冰厂拉来的工业大冰块,比小孩的块头还大。

某次,她和男孩的手臂不经意间碰撞在一起,青春的肉体,一个似燃烧的火苗,一个如易燃的棉絮,一碰触,便如突然蹿起的一把火,灼得两人脸面通红。

后来,她十六岁嫁人时,挺着大肚子在流水席间穿来穿去,瘸子哥哥摇身一变成为新郎官,牵着她逢人便敬酒。那个男生就坐在酒席上,她记得他的眼神烁亮。

婚后,有次她挨了丈夫的打,听了公婆的数落,半夜跑了两里地去找那个男孩,觉得他该是个能听听她委屈的人。

男孩的房间挨着一条土路,她敲窗户,男孩探出来半个毛茸茸的脑袋。她叫他出来,两个人去了稻场,那儿竖着一个高高的水塔。两个人就靠着水塔墙说话,她说:"我受委屈了。"男孩用手电筒照了一下水塔的爬梯,问:"你敢爬上去吗?爬上去你就什么烦恼都没了。"

她跟着男生往上爬,到了塔顶,两人手牵手站在塔沿,伸着头看塔里的一池夜水,水面有月亮和星星的倒影。塔沿上虽焊了栏杆,男生的手也紧紧握着她的手,可她还是战战兢兢,看一次怕一次。在那样刺激的时刻,她确实忘记了一切烦恼。

再后来,男孩考上高中,又考上了大学,她再没见过男孩。人家出息了,就跟她不再是一个世界的人。

女儿烧聋之后,有一次她把女儿绑在背上,爬上巨塔,想跳下来一了百了,可天上的风烈,女儿哭得揪心,她最终还是下来了。这一下来,日子好像熬一熬也能过得去。

从那之后,但凡在生活里遇到过不去的坎儿,她就想去高处,去天上看一看。

讲完这段往事时,三个女孩都已经爬到了其中一座塔的腰部。

高月香爬得最高,风声呼啸而过,她冲着下面喊道:

"你们看,地上那些大沟大坎,是不是看起来变小了,这世界还没老娘的一个巴掌大。"

黑妹紧跟其后,郭爱美胆子小,落后了一大截,她紧紧抱住铁梯,大声叫嚷:"姐!我们下去吧,我不敢上,也不敢下。"

突然,郭爱美大喊:"你们看!新娘子进门啦!"

婚宴上的爆竹声震耳欲聋,此刻,高月香感觉一伸手,就能抓住一片绚烂的火光,掐住一抹明亮的希望。

黑妹眺望着远处,兴奋不已。

郭爱美继续焦急地叫着:"姐!我的手都冻僵了!太危险啦!摔下去可怎么办?!"

高月香扯着嗓子吼道:"那就什么烦恼都没啦!"

此刻,无数火光在半空中绽放,又缓缓跌落。

第四章

风烈雨狂

~ 1 ~

年夜饭时分,高月香大展身手,烧了八道菜,黑妹添了一道西红柿炒蛋,郭爱美又做了一道可乐鸡翅。

十道菜,十全十美。

出租屋里没有摆得下十道菜的桌子,三人索性在地上开席,年夜饭铺满了阳台的楼板,三个人盘腿坐了下来。郭爱美乐于营造氛围,在阳台上精心布置了挂灯与蜡烛,将这方小天地装点得十分温馨。

酒也准备得极为齐全,与此同时,"向阳花"群里红包纷飞,大家你一言我一语,满屏都是饱含祝福的话语。

三人吃得酣畅淋漓,酒意上头,情绪也愈发高涨之时，忽然察觉屋里尽是无家可归的人。虽说各自的家都残缺不全，却在这破旧的出租屋里拼凑出了一个别样的"家"。

窗外鞭炮声此起彼伏，三人心中对家的思念如潮水般翻涌，眼圈都瞬间红了起来。

是啊，谁管有没有家，想家就是一种本能。

几波烟花炸响，夜空被反复点亮，阳台下面的河水时而发光，时而黯淡，映衬着小阳台上团聚的身影。

凌晨一点，三人吃不动也喝不动了，便在地上铺好被褥，打开小太阳取暖，各自沉沉睡去。

高月香在睡梦中哭得稀里哗啦，泪水浸湿了被子，她实在熬不住了，等不及赚够二十万元，决心明早就回船上，怎么也得见见女儿。

坐牢那两年，她争取过好几次亲情电话的机会，然而每回打过去，那边一听是她的声音，总是直接挂断。

次日清晨，天刚蒙蒙亮，黑妹和郭爱美还沉浸在睡梦中，高月香却早已起床洗漱。此刻的她，体内仿佛装了精准的定位导航一般,急切地踏上了回家的路。她先是乘坐公交,而后换乘大巴,接着又搭乘摩的,最后硬靠着两条腿,一步一步艰难地寻到了老河口。

老河口的云,大朵大朵攒在一起,像千军万马,像凝固了的惊涛骇浪。太阳从云层的缝隙间投射下一道道金光,高月香坐在摆渡船上,像要踏入仙境一般。

冬天是运河的枯水期,好多沙船搁浅在航道里,一艘挨着一艘,堵成了一条不见首尾的长龙。

好几年没回来,每条船的位置早都挪了又挪,她一艘一艘地寻着。跑船的人大多养狗,狗见了生人就叫,一会儿工夫,就有十条狗站在船头,冲着高月香狂吠不止,声势可怖。

这时,一条老黄狗映入高月香的眼帘。它被铁链拴着,一边大声叫唤,尾巴一边像拨浪鼓似的摇个不停。

高月香试探着唤它:"旺旺!旺旺!"

老黄狗的叫声瞬间变成了低声的"呜呜呜",它使劲扯紧铁链,脖子伸得老长,尾巴不停地甩在船舱上,砰砰直响。

高月香确认了，那就是自己家的狗，名字还是她起的。

船娘探出头来，见她眼熟，却又叫不出来名字，问道："你是老河口的人吗？"

高月香答："我是啊，好几年没回来了，这狗是我家船上的，怎么上了你家的船了？"

船娘恍然大悟："噢噢噢，想起来了，要死要死，你是宝根的媳妇哇，你都变样子了。"

高月香追问："旺旺怎么在你家船上？"

船娘说："宝根卖了船，上坡发财去了，狗也卖给我了。"

跑船人嘴里的"上坡"，就是上岸生活，再不跟沙子和水打交道了。

高月香一愣又一惊，抓紧问："你晓得他上坡了住哪里吗？"

在水上这个小世界里，谁都瞧不上宝根，晓得他跑了媳妇，没人不在背后笑话他。这几年，他父母的身体也垮了。跑船人害病，向来是小病自我诊断，大病自我了断。惜命的人，顶多信天信神，折腾几个月的偏方，就是不信医生不信医院。

父母病得快，走得更快，这艘船上就只剩下他和女儿了，他是走路都挪不动腿的残疾人，路都跑不动又何谈跑船。他索性把船卖了，价格不占便宜也不吃亏，将将二十万元。

宝根只有一个朋友，是个酒友，那人酒桌上喝多了，常胡言乱语，酒疯撒破了天，也没人管得住。

宝根在水上没有朋友，这人也没有，两人就混成了酒友。

卖了船，宝根头一桩事就是约朋友喝酒。酒友二两酒下肚，在饭桌上给宝根算命。

酒友煞有其事地说："你的阳性太强，需要阴性补补。"

宝根笑出声，反问："哪有阴性？"

酒友神秘兮兮地说："我给你一个方位和地址，那儿阴性多。"

宝根酒醒后才知道，酒友说的地方，就是岸上的足疗一条街。

以前日子紧巴巴的，如今手头忽然有了钱，宝根瞬间膨胀起来。原本一见到女人就害羞得不行的他，现在每天拄着拐杖在足疗一条街上晃悠，开销也像扬钱，做起项目，左右脚各喊一个技师，不正规的项目，也经常加钟，二十万的家底愣是被他花出了两千万的派头。

有个大他两岁的离异女技师铁了心地要跟他，他嫌人家一双腿太粗，胖得不见腰身，把人家列在"考察期"内，先到人家那里吃了几趟白食，每次人家都认真地帮他洗那双残废的脚，捧在手心，洗得极为仔细……一切都顺顺当当地发展着，他几乎快要下定决心，开始盘算起婚事的开销了，结果遇上个年纪小他五岁的小妹。

小妹不是足疗技师，是推销保健品的。

那天他从足疗房出来，拄拐去公园溜达。小妹靠上来，从一个大书包里拿出各种保健品，包装上都标有"航天员专用"的字样。

小妹热情地介绍道："大哥，这款航天蛋白粉，能提高免疫力，抗癌抗衰，可好了。"

以往的宝根，见了女人就脸红，说话都不利索，可如今他变油滑了，底气就来自卖船得来的那二十万。小妹刚说完，宝根的手就已经游走到她的腰上。

小妹一把打掉他的手，站开几步，严肃地说："谁跟你玩这花头啊？不正经。你要是想玩，就要帮帮我的事业。"

~ 2 ~

昨天除夕夜，出租屋里冷锅凉灶，宝根一个人不愿意张罗伙食，就出门吃了点东西，吃完又跑去药店门口看电视。

那药店为了吸引老年人，在门口摆了几张破旧沙发，还装了一面广告大屏，经常放谍战片。偶尔，附近的流浪汉也会聚过来看，有时电视放通宵，直到上早班的店员来关屏幕。

除夕夜的街上张灯结彩，大屏里播放的是春晚，吸引了不少流浪汉来看。

几个小品演完,宝根还没抢到座位。他挂着拐杖站了太久,脚底板又酸又胀,实在难受,忍不住朝流浪汉们发了火,质问他们有没有公德心,不晓得为残疾人让个座。

为了抢沙发,他和流浪汉打了一架,流浪汉们以多欺少,他吃了败仗,掉了颗牙,回屋又闷头喝了一夜的酒。

高月香寻上门时,已是年初一的下午两点,敲门变成了砸门,他都没醒。

邻居告诉高月香,墙角的酒瓶下面,还有一把备用钥匙。

邻居好奇地问:"你是他什么人啊?"

高月香不想回答,弯腰去墙角翻找钥匙。

邻居一边嗑瓜子一边提醒她:"小心,这些酒瓶子里都有尿,这个懒鬼的日子没人样。"

邻居的老公也靠上来,说笑道:"不仅是懒鬼还是色鬼,身体被女人掏空了,口袋也被女人掏空了。"

高月香找到钥匙,开门进屋,一股刺鼻的味道瞬间扑面而来，直冲鼻腔。宝根在地上睡着，屋里一片狼藉，到处是酒瓶和吃剩的一次性饭盒，床下和墙角堆满了保健品，全部标着"航天员专用"的字样。

她隐隐察觉不妙，这里不像能容得下孩子的地方，宝根没将女儿带在身边。

她踢醒宝根，大声质问："女儿呢？！"

宝根揉开眼睛，忽然吓得一跳，像见了比鬼还厉害的东西，险些打滚。

镇定下来后，他摸到烟，点火，抽了一嘴，骂道："老子以为你都死在牢里头了！怪不得除夕夜触霉头，掉了颗牙，原来你个丧门星寻过来了。"

高月香怒目而视，逼问道："老娘跟你没话讲，女儿呢？！"

宝根不耐烦地回答："女儿不可能认你当娘，你查问她干吗？滚！"

高月香站着不动，也不说话。

宝根接着说："我一个残废，带孩子多吃力，那个哭包我放在大表哥的船上了。"

高月香立刻说:"你把大表哥的电话给我,我找女儿去。"

宝根却耍赖道:"没记。"

高月香心口骤然一紧,又问道:"你不是把船卖了吗,日子怎么过成这副德行?"

宝根没好气地说:"你就是个丧门星,还给老子生了个小丧门星。我给小丧门星治病晓得不?你看屋里这些保健品,花销很大的!别问东问西的,赶紧滚!"

眼前这个男人,尽管又烂又混,可恨至极,但对高月香来说,终究还是有几分亲近。见他如此落魄,高月香的内心生出几丝愧疚。她默不作声,弯腰收拾起屋里的垃圾,随后又找来笤帚和拖把,打扫起卫生,一直忙到傍晚。宝根则睡起了回笼觉。

高月香认识大表哥家的船,趁着天没黑透,她又往老河口赶。

可她问遍了老河口的人,谁也不确定船的泊位。有人说大表哥的船接了肥单,开进了长江,给发电厂运煤,入冬后就没再回来,船停在了安徽芜湖;也有人指了一个方位,说他的船搁在了烂泥湾,不熬到丰水期,船出不来。

高月香一听,又马不停蹄地朝着烂泥湾赶去。

干涸的航道上早已长满了荒草,她深一脚浅一脚地走进草丛,每一步都走得异常艰难。风呼呼地刮着,吹得高月香耳膜生疼,那些草像鞭子一样,左右抽打着她的脸。地上散落的干菱角扎穿了她的鞋底,脚底板也被扎破,鲜血混着脚汗,让人又痒又辣,疼痛难忍。

天都黑透了,她满身污泥,总算看见了船队。

大年初一,船队有舞龙的传统。

水上舞龙有讲究,抗洪要舞黑龙,黑龙性情暴躁,却能控制洪水;求财则舞黄龙,黄龙主富贵、保祥瑞。

高月香远远地就看见一条大黄龙。那龙有十多米长,每节以竹编骨,以木作柄,纱布染色、上油,每片龙鳞都贴了金箔。龙有九节,取"九五至尊"之意,每节龙肚里都点上了灯。

船队将船只拼接起来,形成了一条水上通道,龙灯穿行而过,每家的船头都摆着一张供桌,上面摆好香烟和红包,龙头在桌前摆来摆去,张大龙嘴,"吃"下供品。

看到这热闹的舞龙场景,高月香寻找女儿的决心立刻动摇了。

水上人都懂的规矩,舞龙请财神时,船家的女人不得在水面露头。

她躲进草丛,暗下决心,等攒够了钱,再把女儿带走。

百米长的鞭炮炸起一股股灰雾,水上的夜空被炸响、照亮,彩绸一样的焰火在她的头顶飘甩。

幻境之中,她已经牵起女儿的手,走进了一个彩色新世界。

~ 3 ~

结婚时没请三个女孩吃席,邓虹心里一直过意不去,更何况三个人还偷偷塞了份子钱,如此一来,回门宴非得请她们不可了。

因为家里只有父亲一人,回门的礼数,邓虹能帮霍喆节省的，都尽量节省了。

姐姐霍梅自然是高兴的，却也有些得寸进尺，她轻描淡写地对邓虹说："在家里随便烧点吃的就好了，去饭店又费钱，划不来。"

邓虹本就打算在家里做饭，但这话从霍梅嘴里说出来，就显得回门宴不是"宴"，只是一顿家常便饭了，自己的出嫁也就格外不受重视。

她的心情很是不悦。

到了夜里，邓虹满心期待着霍喆能过来哄哄自己，两人亲昵一番，可霍喆却异常冷淡，一上床便倒头呼呼大睡。

邓虹一气之下，索性独自回门去了。霍喆发觉后追了过去，可无论怎么劝说，邓虹都不为所动。最终，回门宴连"宴"都省了，邓虹谁也没叫，只是陪着老爸喝了两杯酒，连顿饭都没吃。

回到霍喆老家又待了几天，大年初四，邓虹实在待不住了，整个春节期间，两个人一直处于冷战状态。

本应是如胶似漆的新婚时刻，邓虹却每晚都睁着眼睛挨到天亮,心里不禁暗自思忖:这哪里是自己憧憬中的婚姻啊?身为狱警的她,从现实的牢笼中跳脱出来,没想到一脚踩空,又掉进了另一个无形的巨大囚笼里。

年初四下午,她在"向阳花"的群里发消息问道:"都在干吗?聚个餐。"

高月香很快回复道:"苦钱呢。新婚快乐!"

郭爱美也跟着回复:"邓管教新婚快乐!我们在卖锁呢。"

黑妹也跟了一句"新婚快乐"。

邓虹有些诧异,商场一般都是大年初五迎完财神才营业,三人怎么都工作了呢?她几番追问,郭爱美嘴快,说出了实情。邓虹才晓得是锁厂出了问题,周老板耍滑头,用几十套锁具抵了她们近三万元的提成。

得知此事后,邓虹立刻去找霍喆理论,让他去跟周老板讨要这笔钱。

起初,霍喆还耐着性子,用软话安抚邓虹的情绪,可没一会儿,他就突然没了耐心,脖子上青筋暴起,大声骂道:"你他妈脑子是不是坏掉了?就为那三个劳改犯,你跟我吵吵嚷嚷个什么劲？我克扣她们钱了吗？我帮了她们好不好！大喜的日子里，你他妈给我添晦气！"骂完还不解气，又顺手把茶杯也撂在了地上。

若霍喆没摔这只茶杯，邓虹或许还能强压住心头的怒火。可随着茶杯哐当一声摔碎在地，邓虹的火气噌的一下冒了上来，再也压不住，她抬手就给了霍喆一耳光。

若邓虹没打这一耳光，霍喆的怒火或许也就慢慢消退了。可这一耳光气势汹汹地落在脸上，火辣辣的疼，霍喆瞬间也失去了理智，连打了邓虹几个巴掌。

邓虹感觉整个世界都崩塌了，她像一阵龙卷风般，迅速地收拾起自己的所有物品，谁也阻拦不住。

她终于逃进了自己的小车，荒野的风异常强劲，吹打在车窗上，就像愤怒的巴掌。寒意浓烈，车窗外到处是随风波动的枯草。冬阳微弱，点点滴滴地洒在座椅和她的脸上，分散开一道道柔和的光线。

她提高车速，将那可怕的村庄远甩身后，像坐在一艘海轮上，驶离波涛滚滚的暗洋。

~ 4 ~

大年初五,迎财神。

一大清早,眼睛还没睁开,闹铃一响,郭爱美就连滚带爬地下床,摸到鞋子套上,打着踉跄出门了。

此时不过清晨五点,街道上冷冷清清,只有出摊的菜贩子和吃早酒的老头。

郭爱美既不买菜,也无心思过早,她半睁着惺忪睡眼,一次性的美睫撕了一半还吊着一半,梦游似的走出一条长巷,来到了一间巴掌大的彩票店。

"老不死的!老不死的快开门!"

"叫魂啊!这一大早上的,砸我门头!"

彩票店的老板是个秃顶小老头,他一只手拉开了卷帘门,另一只手正在紧皮带。

郭爱美年前攒的一万元钱,七八千元都填进了这家小店。

"全套的刮刮乐快拿来,别碍我的大事,今天迎财神。"郭爱美催促道。

昨天，她在彩票店门口碰见一个疯子，大家都叫他三福。据说这人是买彩票赔光了钱疯掉了，每天都游逛在各大彩票店门口，大喊大叫，说一些故作玄虚的话。有彩瘾的人却相信他有测彩能力，时常会给他钱和饭，让他给点建议。

郭爱美给了三福五元钱，三福告诉她："明天迎财神，财神爷忙，全国人民都在乱求财，他老人家被逼得只能起大早，卯时，财神爷就睁眼皮子了，你赶头一拨，指定能沾上他的财气。"

郭爱美听后，赶紧查手机，确认卯时是早上五点到七点，宜早不宜迟，便果断定好了五点的闹钟。

然而，不晓得是三福的话不准，还是财神爷五点没起来，郭爱美刮奖刮得满手污糟，奖却越刮越小，人也越刮越沮丧。

一千元刮成了五百六十元，接着刮成了二百元，再刮，只剩下八十元，还来一次，马上买早饭的钱都没了。

郭爱美在手心吐了口唾沫，猛搓了两下，再刮，五元。

秃头老板又递来一张刮刮乐。

她刮开,中奖十元。

老板笑着说:"可以呀,财神爷睁眼皮子了,早饭钱来了。"

郭爱美又朝地上吐了一口唾沫,转身就出了店,用身上仅剩的十五元钱,买了包子、油条,垂头丧气地往"河景吉房"走去。

走到房子前,她看见另一个丢魂的人,那人披头散发,颓坐在门口的水泥台阶上。

"邓管教!"

天色还没完全放亮,起先她有些不敢认,直到看见不远处的红色轿车后,才大叫了一声。

邓虹抬起头看她,两只眼早都哭得肿起来,没了光,也没了生气。

郭爱美关切地问:"你怎么了呀?"

好半天,邓虹才有气无力地回答:"我心里难受。"

话音刚落,泪水就顺着脸颊滚落下来。

郭爱美捶开了出租屋的门，高月香揉着眼睛出来。她一眼就察觉到邓虹的异样，顿时没了睡意，赶忙把黑妹也从床上拉了起来。四个女人便在屋里聊开了。

邓虹失落极了，嘴角微微皱起，倾诉着婚事的糟心，一肚子的委屈如同决堤的洪水，瞬间倾泻而出。

高月香听后，忍不住骂道："狗男人！"

郭爱美也在一旁附和："我早都看他不顺眼了！"

高月香赶紧用手语给黑妹解释发生在邓虹身上的事情。

黑妹用手语表达："男的恶心，邓管教可怜。"

邓虹双手捂住脸，泪水从指缝间不断溢出。

高月香撸起袖子，露出鼓着青筋的小臂，气愤地说："真应该捶死他。"

邓虹却无奈地说："我不敢告诉我爸，也不敢提离婚。"她揪着自己的头发，满脸懊恼，"早知道，就不跟他扯证了。"

高月香叉着腰，给邓虹打气："跟他离呀！他和他姐要敢话多，看我不去撕烂他们的嘴。"

邓虹还是有些拿不定主意。

高月香急得面红耳赤，反问邓虹："我的邓管教，你平常威风凛凛的一个人，这才新婚第几天，怎么就变得这么软弱？家暴有第一次就有无数次，你觉得这种男人、这样的婚姻，不够可怕吗？"

街面上迎财神的爆竹声此起彼伏，邓虹的泪水怎么也擦不干。挨到天色昏黄，邓虹准备回家，三个女孩不放心她，帮她打了辆车。车辆启动的前一秒，邓虹突然摇下车窗，目光坚毅地说："离！"

那个威风凛凛的邓管教又回来了。

年初八，民政局一上班，邓虹就约了霍喆办理离婚登记。

高月香、黑妹、郭爱美也来了。结婚时没喊她们，离婚了，必须结伴同行。

事情发展到这，霍喆也识趣地没带姐姐来，毕竟是受过高等教育的人，理智恢复了，道理各自心里也都有数。

刚照面，他就跟邓虹道歉："对不起！"

高月香把邓虹往身后一拉，提醒她："不要跟这种人讲话。"

进了大厅，民政局的工作人员惊讶地说："闪婚闪离，你俩都破了纪录了，时髦有这么赶的吗？"

霍喆顺势又劝邓虹："要不咱们冷静冷静，日子怎么都是过呀，咱俩找个地方再聊一下……"

三个女孩立刻将邓虹拉开。霍喆原本就对三个人有偏见，此刻更是轻蔑地说："你们就是搅屎棍，有你们这么搅人婚姻的吗？怪不得你们自己都说自己是蟑螂老鼠。"

不等三人还嘴，邓虹跳出来吼道："不准你说她们！你才是蟑螂老鼠！"

霍喆辩解道："这是她们自己说的！"

高月香朝着霍喆呸了一声，说："读书都把你的人味读没了。"

郭爱美也跟着补刀："你就是蟑螂老鼠！你全家都是蟑螂老鼠！"

黑妹则对着霍喆竖起了一根中指。

几个女人正在气头上，哪里还顾得上讲道理。

霍喆见势不妙,灰溜溜地办完手续就掉头逃走了。

~ 5 ~

邓虹和父亲住在狱警职工家属楼,一套建于二十世纪八十年代的老房子,两室一厅的格局。家属楼的楼体是砖混结构,外墙上嵌满了玻璃碴,有些地方墙皮脱落了,露出里面的红砖头,任风雨肆意侵蚀。大部分狱警子弟都搬出去了,只有一些退休的老狱警还住在这里。

正月十五,邓虹邀请三个女孩来家里吃饭,顺便跟她们买了十套锁具。

从周老板仓库里拉出来的锁具,还剩七十多套。女监最近刚分了房,家家都在搞装修,邓虹趁机"杀熟",推销出去十套锁,统统暂存在她这里,等同事们休假进城,再过来交接。

三个人正往杂物间搬锁,高月香一只手扶着腰,抱怨道:"腰疼。"

邓虹催她:"加把劲儿,马上搬完了。你得感谢我爸,要不是他坐轮椅了,我们家原先住顶楼的,你腰就废了。"

就在不久前,邓虹的父亲邓军生了一场大病,坐上了轮椅。他看着三人,支支吾吾地想说话,没说出来。

对于女儿离婚的事情,他心里十分内疚,如果不是因为自己生病后老催女儿结婚,就不会出现这样的烂场面,好心帮了倒忙。人不能因为世俗的偏见,就贸然恋爱,更加不能草率成家。

锁具搬完,黑妹和高月香径直往客厅的沙发上一躺。老沙发虽有些破旧,收拾得却是干净整洁。

邓虹抽出纸巾,给父亲擦拭干净嘴角的口水,嘴上还不忘继续推销:"爸,你那些同事啊、战友啊,到了跟他们讨人情的时候了。喊他们来买锁,八百多一套的智能锁,卖他们六百。"

邓军掏出手机,让邓虹打,邓虹逐一拨打,却没几个接通的。

邓虹抱怨道:"你这些人情账算是全烂了。"

她转头对三个女孩讲:"行了,帮人帮到底,我触底了，消化了十套，剩下的你们自力更生吧。"

高月香应道："已经很感谢了！行了，大过节的，先张罗饭，今天看我手艺。"

饭菜上桌，几个人边吃边聊。

邓虹问："这几天生意怎么样？"

高月香叹口气说："不怎么样，你是今年最大的客户了，还剩这六十几套锁，不晓得往哪儿卖了。实在不行，就全当废品卖。"

郭爱美也附和道："确实卖不动了，咱这的市场已经饱和了。"

黑妹则只顾埋头吃饭，偶尔抬起头，睁大眼睛看看其他人。

邓虹接着说："我有个警校同学，听说你们卖锁这事了，特意打电话给我，建议你们去天江市做几场防盗宣传活动，顺便卖卖锁具。那边入室盗窃案件频发，做防盗窗生意的都赚得盆满钵满，你们去推销掉这几十套锁具，问题应该不大。他也会照应你们的。"

高月香忙问:"天江市远吗?"

邓虹回答:"就隔壁,也就一百多公里,我可以帮你们叫个面包车。"

高月香高兴地说:"那可太好了。"

邓虹又问:"没问题就给你们叫车啦?"

郭爱美抢答:"没问题的。"

定好了要去天江市卖锁,第二天一大清早,高月香就起床了,买好早饭,就开始催郭爱美和黑妹起床。

这些天,郭爱美一直在出租屋里借住。

高月香摇着郭爱美的肩膀催促道:"快起,每次出门你最磨蹭,弄你那张脸就得半天。"

郭爱美好不容易起了床,妆都化好了,可黑妹还在呼呼大睡。

高月香看不下去了,用力拍了拍黑妹的肩头,催她起床的手语恨不得比画到她脸上了。

郭爱美也在一旁帮忙拉拽,嘴里还喊着:"今天要去天江赚钱,快起来!"

黑妹被催烦了,猛地坐起身,一把推开郭爱美,冲高月香狠狠地比画道:"不去!"

高月香愣了一下,还以为她只是贪睡,嘴里嘟囔着:"这起床气可真大,最多再让你睡二十分钟,面包车一到,看你起不起来。"

等她和郭爱美把锁具都搬到了门口,邓虹喊的面包车也到了。两人又把锁具搬上了车,黑妹还没起床的意思。

高月香气冲冲地去叫黑妹,黑妹急了,用力把枕头摔到地上。

高月香打着手语问:"你怎么了?谁招你惹你啦?"

她试图和黑妹沟通,可黑妹却紧闭双眼,不予理会。

高月香憋着火,嘴里嘀咕:"这到底怎么回事?来例假了?"

她又推了一把黑妹,手语问:"是不是来例假啦?"

黑妹闭着眼,像块木头一样,纹丝不动。

郭爱美走进屋说:"她耍脾气呢,你看不出来呀?"

高月香顿时火冒三丈,搬来一张小板凳,坐在床边,死死地盯着黑妹,赌气道:"你要是不想去,早说啊!老娘今天就跟你耗上了,你有本事一整天都别睁开眼。"

~ 6 ~

在黑妹的人生记忆中,"天江"二字犹如一道无法逾越的阴影,令她心生恐惧。得知要前往天江市卖锁时,她内心的抗拒无比强烈。

或者说,不是她不愿意,而是"天江"两个字,就是命运铸就的铜墙铁壁,囚禁着她,让她此生都休想逃脱。

在盗窃团伙里,黑妹最亲的人是黄毛。

黄毛叫毛小飞,真名无从知晓。他比黑妹大六岁,是头目毛老爹从人贩子手里买来的被拐留守儿童。

黄毛并非先天聋哑。六岁时,他常带着妹妹去一座山坡上玩,因为坡上能眺望到远处的城市,他们的父母就在城里打工。

有一天他们在山脚下碰上一个人贩子,人贩子觉得男孩更值钱,一个人又拐不走两个孩子,就选择把他拐走了。

原本人贩子要把他卖给一对失独夫妻,但路途中黄毛发烧了,因为就医不及时,耳朵被烧聋了。无奈之下,人贩子只能低价将他转手给毛老爹,让毛老爹捡了个漏。

毛老爹出生于1965年,在道上很有资历,性情老辣残暴,但背景不详。江湖上只是传他早年在马戏团待过,能训老虎,也懂熬鹰。他手下的孩子,要么是他拐来的,要么是从人贩子手中低价买的,都是从小就被他掌控,依靠赃款长大。

黄毛极为聪慧,开锁偷盗的悟性也高,很受毛老爹的信任和赏识。

毛老爹带着他四处行窃,大发横财,也正因如此,有了更多资金去购买更多孩子。贼窝就如同毒瘤一般,在这样的滋养下不断壮大。这个团伙业务繁多,有当扒手的、有专门在公交车上剪人金项链的、有实施抢夺的……而黄毛这样的"天才型人物",则专门干技术开锁。

操控儿童犯罪有一个显著的"好处",那就是不怕被抓,即便被抓了也不用坐牢。最为关键的是,要让孩子守口如瓶,绝不供出幕后主使。所以,管控孩子的嘴巴,便成了毛老爹最擅长的事。哪个孩子说错了话，嘴巴就要遭受苦头；哪个孩子屡教不改，就会被剥夺发声的权利。

黑妹入伙那年黄毛十一岁，那时他已在贼窝生活了五年，还会时不时梦见那个山坡，梦到五岁的妹妹。所以当他看见黑妹时，不自觉地就把这份感情投射在了她身上。

在贼窝，黑妹和黄毛是唯一能彼此交心的人。

可就在黄毛十八岁那年，两人一起去天江化工厂职工楼踩点时，被厂里的保安发现，黄毛让黑妹先走，自己却失足从楼上摔下来，永远地离开了。

～ 7 ～

十分钟过去，面包车司机进屋催促道："什么情况？还走不走了？"

高月香赶忙堆起笑脸，递上一支烟，说道："师傅，您先抽支烟，消消气，再稍等会儿。"司机接过烟，无奈地叹了口气，转身蹲在门口抽了起来。

时间一分一秒地流逝，司机的脚边已然围了一圈烟头。

终于，司机彻底失去了耐心，他站起身，大步走到车旁，打开后备厢，把锁具一套套搬出来，而后用力将车门一摔，开车走了。

郭爱美看着远去的面包车，焦急地说："这下完了，司机都被气跑了。"

高月香再也压抑不住心中的怒火，一把抓住黑妹的胳膊，使劲一拉，将黑妹拽倒在地上。黑妹躺在地上，双眼依旧紧闭，仿佛对外界的一切都无动于衷。

高月香见状，愈发恼怒，伸手使劲去扒黑妹的眼皮，嘴里大声骂道："你发什么神经？！你到底发什么神经！"

黑妹的眼角渗出泪水，她爬起身，转身就往外跑。高月香哪肯罢休，伸手拦住了她。两人就这样拉扯起来，互不相让，把一旁的床铺都掀翻过来，露出了床底下吊着的几只黑丝袜，那是高月香用来藏钱的。

黑妹用力挣脱高月香的手，朝着屋外飞奔而去，高月香在后面紧追不舍。屋内，只剩下郭爱美呆呆地站在原地，一脸茫然。

高月香一路追着黑妹，来到了铁路桥旁。这座桥早已废弃，被水泥墙封得严严实实。黑妹手脚并用地爬了上去，高月香也跟着爬了上去。两人爬到桥面后，背对背坐下，谁也不看谁，也没有任何交流，陷入了冷战。

河的前面矗立着鳞次栉比的高楼，彰显着城市的繁华；河的尽头，是在城市化进程中被遗忘的角落，老旧低矮的出租房密密麻麻地挤在一起，满是破败与沧桑。

两人就这样僵持着，不吃也不喝，不知过了多久，天边的霞光将整条河都染成了血红色，为这场冲突增添了一抹悲凉的色彩。

高月香终于熬不住了，心中的怒火也早已消散，只剩下疲惫与无奈。她站起身来，决绝地跟黑妹连比画带说："我搞不懂你在发什么神经，我也不想搞懂。我自己活得稀巴烂，没力气再照顾你的情绪！"

"分钱、分锁，各回各家。"

黑妹用手语回应道："我没家，出租屋就是家。钱和锁，你全拿走。我继续住着，住到哪天算哪天。"

说罢,两人默默地起身下桥。

高月香回到屋内,首要之事便是去找藏起来的钱。吵架时被掀翻的床铺此时已被复位,屋内也变得整整齐齐,而郭爱美早已不见踪影,不知去了何处。

高月香走到床边,蹲下身子,伸手去够床板下面藏着丝袜的地方,却怎么也够不着。她嫌自己胳膊太短,干脆跪下来,再次伸手去够,可依然一无所获。最后,她一咬牙,索性爬进床底半边身子。

突然,床底下传出一声尖叫。高月香顶着一头蜘蛛网,满脸狰狞地从床底爬了出来,手中紧紧抓着那几只丝袜,里面藏着的钱却不翼而飞了。

~ 8 ~

郭爱美有一个平凡的理想,其实也不算是她的理想,只是养父生前总爱念叨的一些愿望。

养父希望在老家小平圩包下十亩地,十亩地都种上向日葵,然后在花海里建一座集装箱房子,养狗养猫,能有个老伴当然更好,没有也没关系,花开时赏花,花结籽了就嗑瓜子,嗑不完也不要紧,就任它们烂在地里当肥料。

郭爱美养父的这个理想,带着几分文艺气息,没准是他瘫在床上百无聊赖时,从报纸或者杂志上读到的内容。养父好学,又沾了住校的光,书从来不缺。所以,郭爱美自幼便笃定,养父虽说在现实里是个并不称职的锅炉工,灵魂深处却住着一位诗人。

不过锅炉工也好,诗人也罢,养父终究是个命苦的人。

小平圩靠湖,风景好,好些年前就被开发商圈了地,可惜后来开发商资金链断裂,几万亩地一直荒着。郭爱美从小长大的那所学校,校址也搬迁了,教学楼被拆得只剩一段围墙,砖缝里长满了野草。

开发商把周围的坟地也给圈了,当初是村民们扛着锄头、钉耙,围了开发商的办公地,坟地才暂时没动。

但这两年,村民们开始陆续迁坟。有风声说,开发商回笼了资金,早晚要来除坟。

郭爱美养父的坟不好迁。当年是校方出面,帮他争取了一小块坟地,开发商做统计时,把那儿定性为野坟,没给迁坟的补助。郭爱美得自己支付迁坟费,还要掏钱买墓地。否则,挖掘机的推土铲就会把那座小小的坟包推垮、铺平。

高月香和黑妹听郭爱美讲过这些事,寻来了小平圩。两个人找到乱坟岗,刚认准郭爱美养父的坟头,就看见一个女人坐在墓碑前,披头散发,猛刮彩票。

高月香揪住她的头发,跳着脚痛骂道:"你偷老娘的钱,三万多块钱呀,你全买了刮刮乐呀!"

话刚说完,高月香的巴掌便如狂风骤雨般落在了郭爱美的脸上,等黑妹反应过来,拖拽都来不及了,郭爱美像吃了发酵粉一样,腮帮子已经肿得老高。

不过郭爱美挨了打也不怵,皮实得很,还跟高月香叫嚣:"什么偷?这是我们仨的经营所得,我只是挪用,不是偷!"

这时,一阵风呼啸而过,上千张刮刮乐被风卷得悬空而起。那些刮开的铅膜上沾满了铅粉,糊得三个人满脸都是。郭爱美花八十元钱做的美甲里也全是铅粉。

高月香还想再扇她,郭爱美就像小猫打架一般,张牙舞爪地狂挠高月香,几下就把高月香挠成了一张花脸。高月香顺手捡起一块砖头,朝着郭爱美狠狠拍去。

好在这砖头年岁久了,并不结实,郭爱美倒是没挂彩,只是被拍得有些晕沉,瘫倒在地,也不再反抗了。

高月香还在四处找砖头,黑妹赶忙死死地拽住她,将她往远处拉,急切地用手语比画着:"别打了!彩票都被风吹跑了,那可都是钞票啊,怎么也有一定的中奖率呀,找回一张就少一分损失。"

高月香瞬间恢复了理智,立刻疯狂地去捡身边的彩票。郭爱美手里还攥着最后一本刮刮乐,她趴在地上,撕开包装纸,赌气似的,一张接一张地用力刮开,刮到指甲都淌血了,也依旧不停手。

"厕所里撑竿跳!

"过分了!

"又是撑竿跳!又是一张过分!"

……

郭爱美每刮开一张,要是嫌奖金太少,就用一句歇后语骂上一声,以此解气。

"你个臭手!拿来!我刮!"

高月香将郭爱美手上的刮刮乐全抢了过去,在手心里吐了口唾沫,使劲搓了搓。头一张,她就刮出了五十元,三个人顿时兴奋起来,脑袋又不自觉地紧紧凑在一起,互相打气。

郭爱美喊道:"床底下伸手,要求不高,一百万就够!"

高月香再刮,空奖。

郭爱美双手合十,默默祈祷幸运降临。

高月香嫌弃地骂道:"闭嘴!"骂完,自己也开始祈祷,"刮个二十万就行,二十万!"

黑妹也跟着双手合十。

高月香深吸一口气,接着又刮开一张,没中;再刮,五元;又刮,没中……她刮得越来越快,情绪也越来越上头,刮得头顶仿佛都要冒烟了,头发变得蓬乱不堪。很快,就刮到了最后一张。

她再次祈祷:"刮回本就行,三万!"

正要刮的时候,郭爱美神神秘秘地大喊:"等一下！"她对着彩票猛吹了一口气，又指使高月香和黑妹也照着做，嘴里说着，"这叫运气。行了，刮吧。"

高月香一刮，二十元。

郭爱美双腿一软，扑通一声瘫坐在地，眼神空洞，仿佛灵魂已被抽离，有气无力地说道："要不，还是去天江市卖锁吧，卖锁的钱，都归你们。"

第五章

重生

~ 1 ~

岁月如流,三个女孩彻底断了发横财的念头,踏踏实实地找了份工作,在一家洗车行帮人洗车,邓虹得知后也非常欣慰。

她们靠着自己的双手,慢慢积攒下了一些积蓄。趁店里不忙,高月香向老板请了一个长假,打算回趟老河口。这一次,她决定要把女儿带回身边,好好地抚养她长大。

江边立着一座老烟囱,红砖砌成,两个农民工系着安全绳,叉开腿,面对面站在烟囱顶上,小心翼翼地挥舞着铁锤。红砖头被两人一块块拆除,烟囱也一截一截地变短。

政府正在实施污水治理工程，江岸旁的许多工厂都在忙着改造烟囱。

高月香坐在一只木划子上，昂头看着烟囱。做摆渡生意的老人摇着桨，跟她讲起这几年的变化。

老人说："水上如今也规范起来了，我儿子赶上了好时代啊，不用一辈子泡在苦水里了。岸上开了好多商场，我儿子就在大商场里当保安，公司给交五险一金，儿媳妇也在里头当收银员，俩人用公积金贷款，买了那边最高的房。"

高月香将一只包紧紧地抱在胸前，包里装着两万元现金，还有一张银行卡，卡里也存了一笔钱。

老人问："妈妈娘子（方言，女子），你来水上做什么的呀？寻亲还是寻朋友？"

高月香答："寻狗。"

她今天来水上，打算先赎狗，再上大表哥的船把女儿带走，宝根要来阻拦，就用钱砸他。她有底气，宝根最禁不住钱砸，两万元钱足够把女儿砸回身边了。

木划子缓缓前行，将她送到了一艘沙船旁边，船上的老狗少了好些，多出许多小狗崽子，奶声奶气地叫着。

船娘正蹲在船沿淘米，高月香靠过去，立刻察觉不对劲，忙问道："旺旺呢？"

船娘抬起头看了她一眼，冷冷地说："迎完财神就吃了，还得怪你，那天来过一趟，老狗的心就野了，一点都不听话。"

高月香气得浑身发抖，破口大骂："你们是饿死鬼投胎吗，这么见不得一条狗吗？"

水上人都是暴脾气，船娘也叉腰叫骂起来："你个不知好歹的东西！你家男人把狗卖给我们了，我们吃了剐了管得着吗你！"

高月香虽气恨难平，却也明白是自己无理，便朝船娘扔下两张百元大钞，只问："狗皮没吃吧？"

船娘立刻改口："妹子，狗皮在的，我给你取去。"

没一会儿，高月香接过船娘递来的一张黄毛狗皮，眼泪扑簌簌就流下来了。

摇桨的老人感慨道："妈妈娘子，你为一只狗都能淌这么多眼泪,说明畜生不如的人,你见得太多。"

高月香没有说话。她抱紧狗皮,想到了女儿。

轰隆两声巨响,打雷一样,老烟囱躺进一片尘烟中。

她顿觉兆头不好,预感不妙。

人人都说大表哥的船泊在芜湖,高月香偏不信,寻了一天,到后半夜了还没寻着。

她又摸黑去找宝根,结果宝根也像做了亏心事一样,消失不见了,出租屋里已经住上了另一个糟透的寡汉。

满世界都寻不到女儿,她急得跳脚,又恨得咬牙切齿。

邻居听到了外头的动静,从门里探头出来,问她:"你是宝根什么人?来寻他两趟了,每次眼睛都潮潮的。"

高月香焦急地反问道:"你见过宝根的身边带着一个小女孩吗?"

邻居回忆着说:"前面是带着,女孩好像耳朵不灵,喊她不应人。"

高月香接着追问:"你晓得孩子在哪儿吗?"

邻居开始絮叨起来:"宝根不是个东西。那年夏天,他带回来一个女人,女人是推销保健品的,为了帮她开单升总,他买了十多万元的保健品,口袋被掏空了,女人也不来了。宝根还跟我们推销过他买的保健品,说是航天员专用,但是根本没人买,最后都发霉过期了……"

高月香心急如焚,毫不客气地打断道:"他的破事我不想问,孩子呢?你晓得孩子去哪儿了吗?"

邻居赶忙说道:"你别急呀,我就是要讲这个孩子的。宝根那混蛋,被女人骗了,拿孩子撒气呀,逼小丫头吃那些过期的保健品,吃出了大问题,夜里救护车把小丫头拉走了,蛮可怜蛮可怜……"

邻居还在不停地说着,等她一回过神,高月香早已跑得没了踪影。

~ 2 ~

高月香满心悲戚,忍不住捶胸顿足,对着虚空之处又抓又挠、又打又砸,泪水也随之喷涌而出,瞬间糊满了她的面孔。她心中的痛苦与绝望,一时间难以用手语表达。

黑妹从没见过她这副模样,更没见过她掉泪。平日里的高月香总是嘻嘻哈哈,这会儿却像被抽了筋扒了皮一样,变了个人。

"我一条烂命,什么苦什么灾什么病,我不怕的!"高月香一边疯狂地比画着手语,一边大声叫嚷,"糟蹋我女儿!老娘就要杀了那个畜生去!"

黑妹赶忙用手语劝解:"你冷静一下,咱们去找邓管教,她一定会帮我们,会找到的。"

郭爱美也劝道:"是啊,邓管教认识很多警察,肯定能找到你女儿。你杀了那个人渣管什么用?关键是赶紧把女儿找到,就可以一直带在身边了。"

然而,任凭两人如何劝说,都无法安抚高月香那颗高悬的心。她心中的不安愈发强烈,仿佛有一只无形的手,将她的心越提越高,几乎要从嗓子眼飞出去。她整个人就像被关进了闷热的桑拿房,憋闷得几乎要窒息。

坐也不是,躺也不是,高月香心急如焚,干脆冲出门去,像一只没头的苍蝇,在街头盲目地暴走。

郭爱美和黑妹根本跟不上她的脚步，无奈之下，只好骑上一辆电动车，缓缓地跟在她身后。

高月香长着一双四十码的脚，脚趾患有严重的甲沟炎，平常出门，步数从不敢超过两千步。可在这个虐心的夜晚，她似乎已经感受不到疼痛与瘙痒，只顾拼命地奔跑，脚指头都被磨得冒脓了，也依旧不肯停歇。

终于，天光放亮，高月香耗尽了最后一丝力气，再也走不动了。她虚弱地贴到一面墙角，疲倦的身体一下子瘫软、滑落下来。

她的眼前出现了一条深巷，巷里的每道门内都坐着一个老太，每个老太的面目都模糊不清。她们竟同时开口说话："别找了，孩子指定没了，小孩子也不兴办后事，再生一个吧。"

她努力撑开沉重的眼皮，仔细一看，发现那些老太竟然都生着同一张面孔，那是她原先的养母，也是已经过世的婆婆。

"回家睡去吧。"郭爱美轻轻摇醒了她，这时她才意识到，刚刚那一切不过是一场噩梦。

另一头,邓虹也忙了一夜。

她有不少警校同学在公安系统任职,从网络安全中心到刑侦一线,个个都是岗位尖兵。

高月香遇到的事虽是家事,没法立案,但大伙儿看在老同学的面上,都乐意帮衬。

很快就有一条线索传过来,是天江市武安县人民医院的。宝根在去年十月十九日夜里十一点打过急救电话,医院派出了救护车,一名急性肝损伤的女童被拉到医院急救。只是女童还没被救治,宝根就以没钱交住院费为由,又将孩子抱走了。

救护车的出勤费还是第二天上门讨来的,医生关心女童的安危,查问女童的就诊情况,宝根不耐烦地回答:"医院就是骗钱烧钱的地方,我们水上人有自己治病的地方。"

邓虹本想打电话给高月香,问她水上人是在什么地方治病。但仔细一想,高月香的状态近乎失心疯,万一在哪里撞见宝根,只怕会闹出事情,不好收场。

第二天一大早,邓虹四处打听,终于得知了水上人治病的地点——鬼祟庙。水上人讲究船帮船,水帮水,撑船老大怕水鬼。

鬼祟庙的兴建,正是缘于跑船人对水鬼的恐惧,他们将水鬼供奉起来,以求平安。

天江市有四座鬼祟庙,都是跑船人捐钱自建的。庙都不大,平时也无人看管,只有一座庙常年被一个游僧霸占。

游僧贪财,为了骗取钱财,竟想出歪点子,用一些迷信的手段,结合偏方,给水上人治病。

邓虹赶到鬼祟庙时,天色已晚,游僧正煞有介事地用所谓的气功为病人探查病灶。

邓虹走上前去,问道:"你认识宝根吗?"

游僧张着肥厚的大手掌,假模假样地在病人身体上方移动,嘴里说道:"你膝盖动过手术。"病人听闻,立刻惊叹道:"您真是神仙啊!"

邓虹见状,掏出警官证亮了一下,游僧这才回应她的问题:"宝根的女儿在我这儿治过病,她的病情可大有文章，宝根这下摊上事儿了。"

邓虹没听明白，追问道："什么大文章？"

游僧不紧不慢地说："这孩子身体里头有病灶，身体外头也有伤。脑袋壳受过伤，估计就是宝根打的，送来的时候就已经昏迷不醒了。"

邓虹焦急地问："那孩子呢？"

游僧撇了撇嘴说："宝根付了我几百块钱，小女孩在我这儿住着，我每天都用气功给她护体，才保住她一条小命。可这宝根就是个泼皮无赖，欠了我医药费，人还躲起来不见踪影，我也只能当作做慈善积善业了，每天没少给她发功……"

邓虹再也按捺不住，大声喊道："孩子到底在哪儿？！"

游僧吓得一抖，下意识地抬手一指："就在里屋躺着呢。"

~ 3 ~

女儿的眼角长着一颗泪痣,高月香曾无比嫌弃这颗痣,觉得它预示着女儿是个哭命,早前还盘算着,等女儿再长大一些,就带她去把这颗痣点掉。可眼下,高月香捧着女儿的脸,倒希望她能哭上一声。

医生一脸凝重地告知高月香:"肝损伤严重,头颅损伤也很严重,这事发生几天了?应该报警吧。"

高月香心痛得无法出声,邓虹代替她询问道:"有多严重?"

医生叹了口气,沉重地说:"大概率就是植物人了。"

高月香急切地追问医生:"大概率是多大概率?!"

医生理解她的情绪,耐心且认真地解释道:"一百个类似情况的孩子,大概只有一个能醒过来。"

高月香瞬间怒不可遏,张口便骂宝根,骂得嘴角都泛起了白沫。

她想到自己的人生,从呱呱坠地那一刻起,就仿佛被乌云笼罩,头顶永远是翻滚的雷暴。可她万万没想到,女儿的命比她还要凄惨，遇上自己这样无能的母亲，又摊上宝根那样狼心狗肺的父亲。

高月香彻底陷入了癫狂。她胸膛里积攒的苦水，如同汹涌的海啸，无情地冲刷着她。她拼命地张大嘴巴辱骂着宝根，面目狰狞得有些吓人，仿佛要将自己过往的所有不满都吐出来。

"畜生！

"杂种！"

……

突然，高月香像是想到了些什么，猛地抓住邓虹，急切地问道："你能找到我女儿，肯定也能找到宝根。你告诉我，这个畜生在哪里？！"

邓虹安抚着她，缓缓说道："他躲在一个专做农村流水席的厨师班子里，帮人家买菜做饭，警察已经赶过去了，你别着急。"

在乡镇地区，每逢红白喜事，都要办流水席，而办席就得请专门烧席的班子。

"我要杀了那个畜生！"高月香咬着后槽牙，恶狠狠地说道。

转头,她又狠狠地抽了自己一耳光,满心都是对自己的怨恨,恨自己作为母亲的失职。那刻,高月香心中的怒火瞬间又化作带着尖角的寒冰,直直地刺向自己的五脏六腑。

邓虹赶忙劝她冷静,可她却疯狂地摇晃着邓虹的肩膀,逼问邓虹:"你告诉我!是哪个烧席的班子?快说!"

郭爱美和黑妹在一旁使劲拉她,却根本拉不住。

邓虹只能无奈地回应:"我不知道,真不知道,交给警察去找吧,你先冷静冷静,行不行?"

高月香依旧不依不饶。被她逼得实在没办法,邓虹也提高了音量,大声吼道:"就算我知道,现在也不能告诉你!我不能眼睁睁看着你去当杀人犯!"

郭爱美也在一旁劝道:"你不要冲动了,现在料理女儿要紧。"黑妹则直接冲上去,紧紧地抱住高月香,瘦小的身躯爆发出惊人的力量,试图阻止她向邓虹撒气。

终于,高月香找回了一丝理智,整个人瘫坐下来,只是嘴里仍不停地嘀嘀咕咕:"百分之一,只有百分之一的概率,我女儿能醒过来……"

挨到傍晚,高月香留在医院照料女儿,邓虹要回单位开周会,黑妹和郭爱美则搭伴回了"河景吉房",拿衣服和洗漱用品。这一夜,两人都得陪着高月香。

回去的路上,郭爱美执意要先去一个地方。

黑妹用手语疑惑地问道:"你要去哪儿?"

郭爱美不懂手语,但猜到了她想问什么,就努力用夸张的嘴型说:"我老家,小平圩。"

郭爱美口中的"老家",其实早已是残垣断壁,墙面碎了一地,砖头散落各处,野草长得比人还高,无处下脚。

黑妹站在一堆砖块上,看着郭爱美费力地拨开草丛,从一张断了腿的木板床上撕下一张纸,小心翼翼地叠好。出来时,郭爱美的脸上被带刺的野草划出一道口子,流了不少血,可她依旧挂着笑容。

黑妹见状赶忙上前,试图帮她擦拭脸上的血迹。郭爱美却只顾举着那张纸,得意地喊:"我的武功秘籍还在!

小丫头能醒的!"

黑妹好奇地转头,看向那张泛黄的纸。

原来,那是郭爱美护理瘫痪的养父时自制的时间表,上面用圆珠笔工工整整地写满了字。

小时候,郭爱美看到电视剧《天龙八部》里乔峰用内力给阿朱疗伤,天真的她便有模有样地模仿起来,两只小手在养父的后背比画着,试图把"内力"输送给养父。表格贴到床头后,养父看到,开心地笑了,还夸赞她脑袋里的想法变得科学化了。

现在,这张发霉发黄的表格被她拿回了出租房,重新涂改后变成了高月香女儿的护理表。

黑妹看到表格上密密麻麻的"翻身,叩背",内心猛地一颤。很难想象郭爱美这样一个女孩子,怎么去给一个大男人翻身。年纪轻轻的她,不知独自咽下了多少生活的苦楚。

两人回到"河景吉房",收拾好衣物,还买了排骨,煲了排骨粥。

等她们赶到医院时,高月香却不见了。

~ 4 ~

高月香寻进巷子,朝着一扇大铁门走去。门上,新张贴的"福"字红得夺目。她推开门,里头满满当当都是吃席的人。

今天是办喜事的日子,院子里站着男方的"发亲"队伍。大伙吃饱喝足后,就要去迎接新娘子了。

高月香在一张张喜气满满的面孔里辨认着宝根,突然身后有人喊了声"让让",她扭头一看,是个传菜的帮工,他嘴里叼着烟,脑袋歪向一边,模样中透着一股邪气。

高月香认得他,这人长着一个酒糟鼻,格外败相。

"宝根呢?"她直截了当地问道。

这人当然也认得高月香,他不自然地咧了咧嘴,露出一口烟熏的大黑牙,劝说道:"宝根在里头烧锅,今天是喜事的场面,你找他吵找他打,能不能换一天?不然搅黄了人家的喜事,对谁都不好。"

高月香冷笑一声,径直走向厨房。

厨房里支着几口大锅,大厨刚摘下起了雾气的眼镜,正一边在围裙上擦拭镜片,一边让宝根添火,准备要滚油锅炸豆腐圆子。

高月香一进厨房,就大声骂道:"女儿躺在医院里昏迷不醒,你还有心思在这儿烧锅办喜事,畜生!"

大厨转过头,瞅了她一眼,对宝根说:"家里有事等回家再吵,别误今天的事。"

宝根连忙应道:"不误事不误事。"说着,他又往灶里添了些柴。锅里的油渐渐热了起来,大厨将一板豆腐丸子推下锅去。只听"刺啦"一声,热油四溅。

高月香也不躲,直直地走到宝根身后。

宝根转过头说:"你别误事,等我烧完锅,你再骂。"

高月香更加愤怒地吼道:"你帮别人做事时,倒蛮像个人,怎么就晓得窝里横,打女儿的时候你怎么忘了自己是个人?!"

宝根反驳道:"我是她老子,我还不能打孩子了?都是你,肚皮里沾毒,生了个烂棉絮,一点经不得打!"

高月香骂道:"畜生!"

宝根继续叫嚷:"你当娘的去吃牢饭了,吃牢饭多省心,老子不烧锅,饭都没得吃,老子一个人带孩子能带出来吗?!"

高月香质问道:"你卖船卖了二十万,为什么不给女儿治耳朵?"

宝根蛮不讲理:"你要是给我生个儿子,今天就不是这种下场!"

高月香咬牙切齿地喊道:"畜生!"

这时,大厨突然帮着宝根说起话来:"你家的事我也听说了,你也不是一点错都没有。女人在外面,总归要给男人留些面子,你这'畜生''畜生'的骂得这么难听。"

高月香只觉得头皮一阵发麻。

日光透过满是油污的窗棂,照进厨房,到处都亮堂堂的,处处洋溢着喜气。可她却突然觉得周身发冷,油锅里蒸腾出的仿佛不是热气,而是阵阵寒气。

大厨冲她大声吼道:"快躲开,别在这儿碍事!要吵回家吵去!"

高月香猛地夺过大厨手中的油勺,舀起一勺滚烫的热油,狠狠地朝着宝根泼去。

宝根发出一声凄厉的惨叫,在地上痛苦地打起滚来,那叫声撕心裂肺。

高月香喊道:"是你叫我给他面子的,我现在就给!"

大厨吓得脸上的肉直哆嗦,可他很快反应过来,见高月香要去拿案板上的刀,他赶忙伸手去抢,结果手背也被热油淋到,烫得他五官都皱成了一团。

高月香并不着急拿刀。

这个曾经被抛弃、被囚禁、被百般折磨的女人,此刻已无所畏惧。

她抄起灶台上的暖瓶、盘子、锅碗瓢盆……所有目所能及的物品,一股脑地朝着宝根的头上砸去。不一会儿,宝根便满头是伤,像一只狼狈的癞皮狗。

她举起刀,用力地朝着宝根的后脖颈劈下去。

"畜生!"

又是一刀,劈在了宝根护在脖颈的手背上。

"畜生!"

鲜血四溅。高月香紧闭双眼,手中的刀依旧不停地砍着。刀刃砍得卷了边,她的虎口也裂开了,厨房里的人早已逃光。

她累得气喘吁吁,扶着膝盖缓了缓力气,还想举刀再砍时,却感觉腰间被人一把紧紧搂住。

她以为是来帮宝根的人,扭过身,就要挥刀砍去。

那人高声喊道:"姐!别砍了!是我啊!黑妹呀!"

黑妹伸手擦去高月香眼皮上的血,高月香这才看清来人,顿时感到一阵后怕,她紧紧地搂住黑妹,嘴唇不停地颤抖着。

"黑妹,黑妹,你怎么会说话了?

"我是不是在做噩梦?我杀人了!到处都是血……"
……

用暴力去摧毁一个人,原来会跟他一同走向毁灭的深渊。

~ 5 ~

谁都不知道,黑妹并不是聋哑人,但她也不是有意要装聋哑人。

干偷盗这一行，聋哑人比能说会道的人更安全。

不过根本上，黑妹还是恐惧说话，或者她早就忘了自己会说话。

在邓虹的帮助下，黑妹和郭爱美寻高月香寻了一夜，总算打听到"固水巷"这个名字。

郭爱美骑上一辆摩托车，载着黑妹，争分夺秒地往那儿赶，可偏偏事与愿违，摩托车在半路突然抛锚了。

情急之下，黑妹拦停了一辆正在接客的出租车。司机一开窗，便破口大骂："神经病啊！不识字啊！没看见车上有客嘛，还拦什么拦！"

黑妹二话不说，直接往车窗里撒进去几张百元大钞。司机瞬间愣住了，就在这时，黑妹大声喊道："开门啊！去固水巷啊！"

这声大叫，把郭爱美也吓傻了，不等她上车，黑妹已被出租车载着疾驰而去。

可黑妹终究还是晚到了一步，高月香手中的刀，还是无情地落在了宝根那罪恶的身躯上。

黑妹勒住高月香的腰,两只手勒得紧紧的。她看着地上那一大摊让人触目惊心的鲜血,心中满是担忧,她害怕高月香会因为这一冲动之举,被判处死刑。

在这万分危急的时刻,黑妹再次开口,唇齿开合间,字句却似滚滚惊雷炸响,石破天惊。

黑妹声嘶力竭地喊着:"2000年!天江市杀人案!死者韦甜!凶手毛老爹!"

外头已经响起了警笛声。

黑妹摇着高月香的肩膀,不断地重复:"你记牢没?!2000年!天江!命案!你跟警察检举揭发!"

高月香此前拼尽全力与宝根对抗,早已耗尽了所有的力气,整个人虚脱得如同烂泥一般。

黑妹搜肠刮肚,恨不得将自己知道的一切都刻进高月香的脑子里,让高月香被捕后,能有一次检举揭发的立功机会,得以续命。

警察的脚步声近了,高月香也逐渐清醒过来,她赶紧催着黑妹离开。

宝根还吊着一口气，嘴里吹着血泡。

救护车把宝根拉走了，警察给高月香戴上手铐，押上了警车。

接新娘子的时辰已过，正午的日头猛烈，万物显形。

高月香透过警车的车窗，看见巷子里有一个追车的身影，那道影子轻巧灵活，慌乱间撞倒了一把梯子。梯子的主人正在屋顶上喂鸽子，梯子一倒，几十只鸽子受到惊吓，扑簌簌飞了起来。

日光照进警车内，在车窗上流溢，折射出迷人的反光。

高月香用戴着手铐的一双血手，学着黑妹的手势，在光影中比画出一只鸽子。

~ 6 ~

邓虹听闻此事后，心急如焚，立刻去找负责此案的同学。

见面后,同学率先开口:"那个高月香,就是你曾经管教过的犯人吧?"

邓虹满脸懊恼,自责道:"都怪我,没把她看紧。其实早前我就隐隐有种不好的预感了。"

同学接着说道:"今天这事,说来也巧。烧席的大厨平日里记性特别好,可偏偏今天像是丢了魂,竟然忘了带自己的菜刀,到了办喜事的现场,只能用主家的刀,用起来很不称手。高月香砍人的那把刀,是在县城集市上买的,九块钱一把,质量差得很。她连砍了十几刀,人都没断气。"

邓虹一听赶紧问:"那人还有救吗?"

同学无奈地叹了口气,说:"够呛。主要这人的血型太稀有了,叫什么类孟……这名字太难记了。反正全国有这种血型的人,加起来都不到一百个,血库里根本调配不来。没有血,这人基本就没救了,也算是他的报应吧。"

邓虹又问:"他是罪有应得,可这么一来,高月香是不是也没希望从轻发落了?"

同学只说了一句:"她砍了十四刀。"

邓虹倒吸一口凉气，心中满是忧虑。

这时，同学突然想起了那个血型的名字，脱口而出："对了，是类孟买血型，也叫恐龙血，比熊猫血还稀有呢。医院联系了血库，说周边县市的同型血就只有一例，还是刚刚录入系统的，在女子监狱里，叫胡萍。"

邓虹的眼睛一亮。

事不宜迟，邓虹立刻联系女子监狱，拨通了狱政管理科领导的电话。那边了解情况后，十分配合。可当找到胡萍本人时，却碰上了钉子，胡萍并不愿意配合献血。

"我不干。监狱里伙食太差了，天天不是冬瓜，就是南瓜、海带，我自己都贫血呢。"胡萍满脸不情愿，语气里还带着怨气。

她还在为"向阳花"解散的事情耿耿于怀。在"向阳花"，她身为组长，每个月能有十分的奖励分，一年要是能拿够一百二十分，就能减刑一年，提前出狱。

这提前出狱的一年，对她来说至关重要。她父亲瘫痪在床，身体一天不如一天，早点出去，说不定还能在父亲身边尽尽孝。可"向阳花"一解散,她被下分到劳务监区,每天都得踩缝纫机干活不说,她手脚慢,每个月只能拿五分,减刑的希望彻底破灭了。

狱政管理科领导苦口婆心,邓虹也在一旁好言相劝,可胡萍就是不为所动。

胡萍还气呼呼地说:"高月香的事,我更不想管。我早就看出来她是个疯婆子,有点暴力倾向,她今天落得这个下场,我一点都不意外。"

邓虹似乎早早就料到会有这么一出,她向领导申请,让胡萍和她父亲进行一次手机视频通话。狱规严苛,高墙之内严禁使用手机,可眼下情况危急,只能特事特办,没想到领导顺利批准了。

邓虹入监前,郭爱美提前赶到了胡萍的老家。

手机视频接通,郭爱美把手机递给胡萍的父亲。老人一接过电话,干瘪的眼窝里瞬间涌出热泪,他声音沙哑地喊着胡萍的小名:"萍萍啊,能帮帮人就帮帮人呀。这些年,邓警官帮咱家不少啊。那个叫高月香的,还给我塞了钱,你就帮帮她吧,听话。"

电话这头,平日里浑身是刺的胡萍,一下子缩成了一团,泪水夺眶而出。她已经整整四年没听到父亲的声音了。

"爸,我听话。"

"你好好改造,爸起不来,不能去看你,但爸能挺,挺到你出来。"

"爸……"

胡萍泣不成声。

狱政管理科早就叫来了抽血的医生,看胡萍同意献血,医生立刻忙开了。

一切就绪,胡萍撸起袖子跟医生说:"多抽点,我这都是脏血,重新补回来的,就干净了。"

领导用对讲机通知伙房:"晚饭给胡萍加营养餐。"

这份珍贵无比的血,迅速被送往医院。

~ 7 ~

宝根最终活了下来,而高月香因犯故意伤害罪,被依法判处有期徒刑六年。

邓虹和黑妹、郭爱美将高月香的女儿"小狐狸"接出了医院,暂时安置在邓虹家中,主要由郭爱美负责悉心照料。

这天,邓虹买菜回家烧饭。窗外晾衣绳上,晾晒着女童的内衣内裤,还有两件撕掉了警衔的警服。天色渐暗,郭爱美站在窗前,伸手将衣物收了进来,捧在手心仔细叠放。她先把"小狐狸"的衣服叠得整整齐齐,接着拿起那两身警服,发现上面布满了被香烟烧出的破洞。

郭爱美问邓虹:"老爷子这衣服全都是洞,要不要给他补一补?"

邓虹探出头来,对着轮椅上的邓军说:"这两身破衣服,你还舍不得扔啊?"

邓军一听,瞬间发起脾气来,嘴里嘟嘟囔囔,像是要骂人,嘴角还拖出了长长的口水丝。

郭爱美赶紧帮老爷子擦干净,轻声哄着:"不扔不扔,我拿去补一补就好啦。"

邓虹也连忙附和:"好好好,不扔不扔。"

这时,邓虹的手机突然响了起来,是负责毛老爹案的警校同学。

"明天毛老爹的案子开庭。"

邓虹连忙问道:"好的好的,那毛老爹和他的盗窃团伙都抓了吧,他们会出庭受审吗?"边说她边打开了手机的外放。

"凡是能查实存在犯罪行为的,能抓的都已经抓捕归案了。不过有些团伙成员年龄过小,不具备关押条件。毛老爹还牵涉杀人案,目前被单独关押在市里的第一看守所。团伙的盗窃案件和这起杀人案将分开处理,明天先审理杀人案,他会出庭的。"

正在卧室照顾"小狐狸"的黑妹默默听完,脑海中像走马灯一般,快速闪过那些被拐卖后暗无天日的日子,不知不觉间已是满脸泪水。

郭爱美走进卧室,"小狐狸"躺在床上,闭着眼睛,小小的身体被医疗器械监控着,尚且不用理解苦难和病痛,也不用感知什么叫绝望,只需要安静地躺好。她的眼睫毛很长,是个漂亮的女孩,只是还没来得及认识这个世界,命运就给她摁下暂停键。

不过,小孩子的世界里一切都不紧要,恶魔来过,天使也会来。

郭爱美没有打扰黑妹,在一旁用生理盐水给"小狐狸"清洗了一遍口腔。这是个细致活,窗口贴着她的"武功秘籍",上面写着:清洗口腔时一定要注意夹紧棉球,以防因棉球遗落导致窒息。清洗完,她又给"小狐狸"换了尿不湿。

就在无人注意时,"小狐狸"的小拇指抽动了一下。

番外

邓虹的挂职工作圆满结束,她被重新调回女子监狱教育改造科工作。

同往常一样,她从容地由备勤房走出,迈向武警值班室。在那里,她熟练地接受完身份核查,拿出警官证,刷开B门。

B门开启的瞬间,A门悄然关闭。

她步伐坚定地向前走着。此时,一群新入监的女犯正在操场上跑操,嘹亮的口号声此起彼伏。

"遵规守纪!认真改造!重新做人!一二三四!一二三四!"

踏进熟悉的科室,邓虹翻看起桌上的文件,一张泛黄的纸悄然飘落,邓虹捡起一看,竟是当年选拔向阳花文艺演出队时的备选名单。

高月香的名字旁边,是一个被涂改的叉,改成了勾。

如今想来,这小小的一笔,就像是阎王在生死簿上的轻轻勾画;又像是"命运"——它没有逻辑,神秘莫测,却又沉甸甸的,压在每个人的身上。

高月香服刑期间,邓虹很少去看她,但不时能在同事口中听到她努力改造的故事。

如今的黑妹摇身一变,成了一位小老板。她用自己、郭爱美和高月香积攒下来的积蓄,开了一家洗车行,规模不大,但她收拾得井井有条。所赚取的收入,足以维持她们和"小狐狸"的生活。等高月香重新回归,再也不用像曾经那般,为找工作四处碰钉子。

高月香也一定会喜欢洗车行的名字——"向阳花"。

"小狐狸"的床头摆着一盆银皇后,花开了,花蕊洁白修长,谈不上美艳,但很干净。初秋已至,酷暑熬过去,"小狐狸"后背上的痱子也消了,好些日子没晒过太阳,她的肤色变得异常白皙。

"小狐狸"的状态越来越好,百分之一苏醒的概率对郭爱美来说,比刮刮乐中奖的概率可高多了,根本就是小菜一碟。不过人醒过来还算不得成就,她还要把"小狐狸"投喂结实。

她们的世界,一定比从前更美好。